Milla Dümichen

Pustekuchen
und
andere Delikatessen

Für meine Eltern

Bibliografische Information der Deutschen Nationalbibliothek: Die Deutsche Nationalbibliothek verzeichnet diese Publikation in der Deutschen Nationalbibliografie; detaillierte bibliografische Daten sind im Internet über dnb.de abrufbar.

Text © Milla Dümichen
Coverfoto: © Achim Dümichen
August 2018

Herstellung und Verlag:
BoD-Books on Demand, Norderstedt
ISDN: 978-3-7528-6724-4

INHALT

IRGENDWO UND ÜBERALL

„Ich wurde in Sibirien geboren ..." singt der erfolgreiche Schlagerstar Helene Fischer. Auf mehr als zehn Millionen verkaufte Tonträger kann sie stolz sein. Was sie so sympathisch erscheinen lässt, ist, dass sie trotz ihres Erfolges ihre Herkunft nicht vergisst: Sibirien.

Viele Helene-Fans stellen sich Sibirien als Ort vor, wo unerträgliche Kälte herrscht, heulende Wölfe nachts vor dem Haus stehen und Bären im Hühnerstall nach etwas Essbarem suchen, und Menschen fressen, wenn sie dort nichts finden.

Ich wurde auch in Sibirien geboren. Wölfe habe ich nie gesehen oder gehört, einen Bären sah ich einmal beim Beeren pflücken in etwa 30 Metern Entfernung. Meine Mutter legte ihren Zeigefinger auf die Lippen, und damit war klar, ich sollte still sein.

Nach ein paar ewig lange dauernden Minuten trottete der Bär fort. Er hatte gar kein Interesse an dem kleinen dürren Mädchen von fünf Jahren, das ich damals war. Es war August und in dieser Zeit boten die Wälder Sibiriens den Bären andere leckere Delikatessen als Menschen. Denn Bären sind überwiegend Vegetarier, im Frühjahr und Sommer ernähren sie sich von Wurzeln, Gräsern und Kräutern, gelegentlich auch von Insekten und Tierkadavern. Im Herbst frisst sich der Bär mit Kastanien, Beeren aller Art und Honig Fettreserven für den Winter an.

Also, keine Panik, wenn Sie einem Bären im Wald begegnen, er tut nichts, und spielen will er auch nicht mit Ihnen.

Während des monatelangen Winterschlafs wird der Nachwuchs geboren und bis zum Frühling von der Fettreserve der

Mutter genährt. Diese reicht für beide, selten auch für drei. In Märchen, die wir als Kinder gerne gelesen haben, ist der Braunbär eine in der Regel gutmütige, manchmal etwas tollpatschige Figur.

Im richtigen Leben gibt es allerdings Situationen, in denen sie gefährlich werden können. An einen solchen tragischen Vorfall kann ich mich noch erinnern. Ich war damals Zehn. Ein Schüler unserer Klasse wurde ins Krankenhaus eingeliefert. Er hatte zusehen müssen, als ein Bär seine Familie tötete.

Sie wohnten in einem Forsthaus im Wald. Sein Vater, der Förster, war für die Pflege und Erhaltung des Waldes zuständig. Bei einem Rundgang hatte er ein kleines Bären-Baby gefunden und brachte es nachhause. Die Mutter Bärin suchte nach ihrem Baby und fand es angekettet an die Hauswand des Forsthauses. Wer dem Nachwuchs einer Bärenmutter zu nahe kommt, kann keine Gnade erwarten. Das sollte ein Förster wissen. Das aufgeregte und wütende Tier stürmte mit seinem über 400 Kilogramm schweren Körper mit lautem Knurren auf das Haus los. Das Haus erzitterte von den gewaltigen Sprüngen und Schlägen des Bären. Der Förster hatte keine Chance, sich zu verstecken. Die Bärin stellte sich auf die Hinterbeine und verpasste dem Vater einen Hieb, ein weiterer riss ihm die Haut vom Schädel. Blutüberströmt brach der Vater zusammen.

Die 15-jährige Tochter wollte durch die Hintertür fliehen, doch die Bärin fing sie ab und biss sie in den Hals.

Die Mutter, die wie versteinert in der Haustür stand, wurde von der Bärin in die Luft geschleudert. Mein Klassenkamerad kam später von der Schule nachhause und musste, starr vor Entsetzen, die Tragödie aus sicherer Entfernung beobachten.

Seit einiger Zeit werden in Sibirien Bärenjagden organisiert.

Aus der ganzen Welt strömen mordlustige Jäger in meine alte Heimat, um die Tiere zu töten. In ihren Hochglanzbroschüren erklären die Jagd-Reisevermittlungen ganz genau, welche Ausrüstung, Bekleidung und Art von Jagdscheinen sie mitbringen sollen, damit später bei der Heimreise mit den Trophäen in Europa keine Schwierigkeiten entstehen. Es gibt viele Tierschutzvereine, die fordern, endlich die Jagden zu verbieten. Aber das Geschäft mit den Bärenjagden ist für die Reiseindustrie lukrativ.

Seit über 25 Jahren lebe ich nun schon in Deutschland, meiner neuen Heimat, aber Sibirien bleibt für mich ein Sehnsuchtsort, mit dem ich für immer verbunden bleibe. Wenn ich es richtig betrachte, ist es meine dritte Heimat. In Russland wurde ich geboren, sprach die ersten Worte Russisch und wagte die ersten Schritte. In Georgien am Schwarzen Meer erlebte ich eine glückliche Jugend, bis dort der Krieg ausbrach und wir mit meiner deutschen Mutter in ihre historische Heimat fliehen mussten.

In Deutschland hat fast ein Drittel der Familien eine Migrationsgeschichte. Um Menschen zu verstehen, soll man versuchen, sie näher kennenzulernen. Am besten funktioniert das mit der gleichen Sprache, sonst ist ein neuer Anfang überall schwer.

Ich muss gestehen, ich liebe die russische Sprache, deren Geschmeidigkeit und Klangreichtum. Die Sprache von Puschkin, Tolstoi, Lermontov. Besonders mag ich Puschkin, der in Russland als ein nationales Erbe gilt. Alexander Eliasberg, jüdisch-russischer Literaturhistoriker, Übersetzer und Autor, schrieb über ihn: *Für viele Westeuropäer ist Puschkin ein Mythos, seine*

Sprache ist von einer erstaunlichen Schönheit, die bleibt einem, der nicht Russisch kann, ebenso verschlossen, wie Tizian einem Blinden und Beethoven einem Tauben.

Ich habe einige Bekannte gefragt, wie sie denn die Russen sehen. In welcher Hinsicht unterscheidet sich unsere Mentalität? Oft wird die russische Seele mit Sibirien verglichen, tief und weit. Im Gegensatz zum zielgerichteten, willensstarken, verantwortungsbewussten Westeuropäer gelten Russen als schwermütig und leicht zur Weißglut zu treiben, vor allem nach Schnapsgelagen – manchmal auch als unberechenbar.

Daran ist etwas Wahres. Das russische Volk hat 1918 seinen Zaren umgebracht, obwohl er so beliebt war. Das gleiche Volk, das die Kirche als Gottes Haus verehrt und gefürchtet hatte, vernichtete sie im Handumdrehen. Und es dauerte 70 lange Jahre, bis 1988 erstmals wieder die Kirchenglocken läuteten. Inzwischen gehen sogar die Machthaber Russlands wieder in die Kirchen.

1953 wurde Stalins Tod beweint, Stalin, der mit seinen „Säuberungen" fast 40 Millionen Menschen umgebracht hatte!

Auch meine Eltern, die keinen Grund hatten, Stalin und sein Regime zu lieben, weinten. Meine Mutter wurde als Deutsche mit meinem Vater nach dessen Entlassung aus deutscher Gefangenschaft für zehn Jahre nach Sibirien deportiert. Die so Bestraften waren dort einem rauen Klima ausgesetzt und die Männer mussten unter schwersten Bedingungen unter Tage Kohle und Gold abbauen.

Dort wurde ich geboren. Benachteiligt und in Verbannung lebend, waren wir trotzdem stolz auf unsere Helden und unsere Ideale! Wir glaubten an den Sozialismus! Und wir glaubten, dass ihm der Kommunismus folgen würde! Eine Gesellschaftsordnung, in der alle Menschen gleichbehandelt werden.

Wir lernten in der Schule Karl Marx kennen, das *Kommunistische Manifest* und sein *Kapital*, in dem er Freiheit, Gleichheit und Demokratie propagierte. Lenin hat seine Idee gewalttätig weiterentwickelt und im Oktober 1917 in Russland durch die Oktoberrevolution das erste kommunistische Herrschaftssystem mit einer alleinherrschenden Partei an der Spitze errichtete. Und das russische Volk glaubte, um eine gerechte Welt zu schaffen, bedurfte es einer radikalen Wende. Denn nur so konnte sich die Welt ändern, in eine Welt, in der alle gleich sind. Wir warteten geduldig auf diese Zeit, in der wir ohne Mühe alles bekommen würden, was wir brauchen. Es sollte nicht mehr lange dauern und dann wäre dieser Zustand erreicht.

Warum haben wir 70 Jahre naiv und verantwortungslos an den Kommunismus geglaubt, an eine Ideologie, die wir nach der Perestroika dann so unbedacht schnell wieder weggeworfen haben?

Darüber laut nachzudenken war während dieser Zeit nicht erwünscht. Und viele, die es dennoch taten, landeten in Gulags (Straf- und Arbeitslager). Dabei zeigte es sich von Anfang an, Lenins und Stalins Regime hatte nichts Großartiges, sondern etwas Monströses. Es zerstörte das größte Land der Welt und tötete mehrere Millionen Menschen! Aber bis heute streiten viele, ob Lenin nicht doch ein Wohltäter der Menschheit war. Was ist in seiner erschaffenen Weltordnung großartig gewesen? Ein Fass Bier im Wahllokal und bei der Parade? Der Holodomor (Hungersnot) 1922-1933-1947? Hunderte Warteschlangen vor Geschäften für Kleidung, Schuhe, Wurst, Orangen, Tapeten, Haushaltsgeräte, Klopapier?

Uns wurde eingeredet, Lenin sei ein großartiger Mann gewesen, unser ein und alles. In meiner kindlichen Naivität machte ich meiner Mutter sogar Vorwürfe, weil sie den großen Helden nicht einmal gesehen hat. Sie war doch schon sieben Jahre alt, als Lenin starb.

„Warum bist du nicht nach Moskau gegangen, um Lenin zu sehen? Wie konntest du so eine Möglichkeit verpassen?" Meine Mutter staunte über meinen Patriotismus und erklärte es mit Geldmangel, der Entfernung und dem frühen Tod ihrer Mutter. Nichts davon fand ich wichtiger, als einmal im Leben Lenin zu sehen!

Immer wieder wurde uns in der Schule und an Arbeitsplätzen der Sozialismus gepredigt, und so lebten wir 70 Jahre lang. Diejenigen, die schon damals seine zerstörerische Politik durchschaut hatten und kritisierten, wurden beseitigt.

An dem Lenin Mythos als Genie und Vater der Sowjetunion war lange nicht zu rütteln. Als Lenin starb, beauftragte die Regierung Wissenschaftler, sein Gehirn zu erforschen, um seine Genialität zu bestätigen. Doch aus wissenschaftlicher Sicht war die Suche nach Lenins Intellekt in seinen Hirnzellen vergeblich. Im Gegenteil, sein Gehirn war zum Teil geschrumpft und nicht größer als eine Walnuss. Spätestens da war für eingeweihte Zeugen klar, dass Lenin ein besessener Terrorist gewesen ist.

Ab und zu wird in Russland immer wieder diskutiert, ob seine Mumie, dieser Abfall der Geschichte, aus dem Mausoleum entfernt werden soll oder nicht.

Ich muss gestehen, von all dem hatte ich keinen blassen Schimmer und lebte eine glückliche Kindheit. Samstags sind wir freiwillig zum *kommunistischen Subbotnik* (Aufbaustunden) gegangen und sangen dabei fröhlich. Wanderungen mit

Lagerfeuer gehörten zur sozialistischen Erziehung und zum kollektiven Bewusstsein. Wir übernachteten unter freiem Himmel und führten unendliche Diskussionen über den Sinn des Lebens. Wir lasen Tolstois *Krieg und Frieden* und bewunderten den Grafen, der seinen gesamten Besitz an die Armen verschenkt hatte, um seine Seele zu retten. Wir lernten, dass geistiger Reichtum wichtiger ist als finanzieller. Wir halfen bei der Kartoffelernte, gingen zu Teeplantagen und harkten endlose Beete in Sowchosen (Landwirtschaftlicher Betrieb). Wir putzten freiwillig die Fenster unserer Klassenräume, wischten Tafeln und Tische. Wir haben früh gelernt, Bücher sind kostbar. Wir beschafften uns vollständige Ausgaben von Puschkin, Lermontow, Majakowskij ...

Und dann kam die Perestroika.

Wir lebten in Euphorie: Wir hatten es geschafft! Ein reiches Land, das Öl und Gas hat und jetzt auch die Freiheit. Doch schon bald folgte die Ernüchterung. Ersparnisse waren wertlos, es wurden Lebensmittelmarken eingeführt. Wir mussten schnellstmöglich Geld verdienen, um zu überleben.

Wir waren irritiert. Was war mit den großen kommunistischen Versprechungen: *Jeder nach seinen Fähigkeiten, jedem nach seinen Bedürfnissen*? Viele trugen ihre Bücher zum Verkauf auf die Straße. Geistiges Hab und Gut wurde für Brot und ein paar Kartoffeln umgetauscht. Hunger, Kälte, Raub und die kriegerischen Auseinandersetzungen beim Zerfall der Sowjetunion forderten viele Opfer. Laut Volkszählung im Jahre 2002 sank die Bevölkerungszahl Russlands von 1989 bis 2002 um 1,8 Millionen. Spätestens um die Jahrtausendwende wurde uns klar, Kommunismus war nur eine Illusion und dem Kapitalismus wirtschaftlich unterlegen.

Mit der Perestroika öffnete sich Richtung Westen ein Tor. Russlanddeutsche, Dissidenten, Juden und viele andere nutzten dieses Tor zum Verlassen ihrer Heimat, manche euphorisch, andere schweren Herzens.

Helene und ich auch.

MEIN NAME

Als junges Mädchen war ich fast unglücklich mit meinem Namen und hätte ihn gerne gewechselt. Mein Name ist Ludmilla, was übersetzt *die Nette* bedeutet. Meine Freundinnen hießen Natalia, wie die Frau von Alexander Puschkin, oder Eleonore, übersetzt *die Fremde*. Oder Tatjana, die Heldin des Romans *Eugen Onegin*, die stille und verträumte Tatjana, die sich in einen oberflächlichen jungen Mann verliebte, der dann aus Langeweile ihre Liebe, sein Leben und das seines Freundes zerstörte.

Ich war in solche Namen vernarrt, aber mehr wohl in die faszinierenden Gefühle und Schicksale dieser Frauen, die Anfang des 19. Jahrhunderts in St. Petersburg oder Moskau ihre „goldene Jugend" verbrachten. Man ging damals oft ins Theater, kleidete sich nach Pariser Mode, tanzte Walzer und redete viel über Kunst und Literatur.

Kein Wunder, dass ich mich in unserem verschlafenen kleinen Städtchen, tief in der sibirischen Provinz liegend und von endlosen Nadelwäldern der Taiga umgeben, zu Tode langweilte. Mir schien, hier passiert nie etwas Außergewöhnliches. Es gab einen Frisör, zwei Lebensmittelgeschäfte mit staubigen Fensterläden, ein kleines Hotel mit rieselndem Putz, ein Kranken- und Gemeindehaus. Hochzeiten und Beerdigungen zählten zu den Highlights in unserem Städtchen.

Das hat aber weniger mit der Geschichte meines Namens zu tun. Seit ich erwachsen bin, finde ich meinen Namen schön, weil er ungewöhnlich ist und auch schön klingt.

Am besten gefällt mir die Kurzform Milla. Den Namen habe ich meiner Mutter zu verdanken. Sie hatte mal eine liebe

Freundin mit diesem Namen. Das war, wie ich schon erwähnte, noch in Sibirien, kurz nach dem Krieg.

Als meine Eltern in den ihnen zugewiesenen Ort zogen, lebte Ludmilla dort mit ihrem Mann, ihrer kleinen Tochter Tatjana und ihrer Mutter. Die Ehe war wohl nicht besonders glücklich, sonst hätte sie sich nicht Hals über Kopf in einen Freund meines Vaters verliebt.

Alexej war hübsch, hochgewachsen und lebenslustig, typisch Macho eben. Er und Ludmilla passten besser zu einander, als sie zu ihrem alten und immer schlecht gelaunten Mann. Doch diese heiße junge Liebe stand unter keinem guten Stern. Alexej hatte seine Familie in Georgien, seine Frau und einen kleinen Sohn. Doch er musste in Sibirien seine zehn Jahre Strafe abarbeiten, die er nach seiner Rückkehr aus deutscher Gefangenschaft als vermeintlicher Verräter erhalten hatte. Seine Familie ins kalte Sibirien zu holen, war keine Option. In Georgien hatte die Familie ein Haus mit großem Garten. Sie hatten dort alles, was sie zum Leben brauchten, mildes georgisches Klima, fruchtbare Erde und gute Bewässerung aus den Gebirgsbächen. Manche Obst- und Gemüsesorten reifen dort zwei Mal im Jahr. Was sollte die Familie in einem gottverlassenen Ort in Russlands Fernen Osten?

Doch Alexej war jung und hungrig nach Liebe. Ludmilla war leider noch verheiratet und unglücklicherweise schwanger. Sie suchte in ihrer Not meine Mutter auf und bat sie um einen Rat. Sie wollte das Kind nicht austragen. „Es muss weg!", sagte sie entschlossen.

In dieser Nachkriegszeit gab es viele ungewollte Kinder, doch Abtreibung war seit 1936 in Russland verboten. Der Staat brauchte Menschen, Arbeiter und Soldaten. Viele Frauen riskierten es trotzdem. Wenn Senfpulver-Sitzbäder nicht halfen, versuchten die Frauen es mit Erschütterungen, mit Sprüngen von Stühlen, Tischen und Heuböden oder durch das Schleppen schwerer Lasten, um das ungewollte Kind los zu werden.

Wenn auch das nicht wirkte, griffen sie zum Äußersten. Meine Mutter hat gehört, dass die Frauen dabei eine Stricknadel benutzten. Welch schaurige Vorstellung!

Aber Ludmilla ließ sich dieses grausige Vorhaben nicht ausreden. Sie beschwor meine Mutter, wenn sie schon nicht tätig sein wolle, wenigstens für den Notfall in der Nähe zu sein. Ein bisschen Angst hatte sie schon. Was genau Ludmilla unternommen hat, wusste Mama nicht, sie hatte auf die kleine Tatjana aufgepasst.

Als Ludmilla anfing zu bluten, kriegte Mama kalte Füße. Es musste ein Arzt her und zwar schnell. Aber den gab es weit und breit nicht. Und wenn das alles dann herauskäme, würden beide bestraft werden.

Die Zeit verstrich und Ludmilla wurde wegen des Blutverlusts immer schwächer. Panik befällt beide. Endlich bittet sie Mama, sie solle meinen Vater zu Hilfe holen, er habe doch Medizin studiert. Aber Mama hatte Angst, ihrem Mann den Vorfall zu gestehen, wusste sie doch, wie er reagieren würde. Ausreden, er schlafe schon lange, blieben unausgesprochen und Ludmilla ging es immer schlechter!

Da dachte meine Mutter an ihre eigene Mutter. Sie ist bei der Geburt verblutet, als Mama sieben Jahre war. Die ungeschickte Hebamme konnte ihr mit den mangelhaften Mitteln nicht helfen. In diesem Moment wird Mama bewusst, dass sie ihre Freundin nicht im Stich lassen darf.

Mein Vater ließ sich nicht zwei Mal erklären, um was es ging.

Er hatte wohl schon so etwas Ähnliches vermutet, nahm sein Köfferchen mit Medizingeräten und Medikamenten und eilte zu Ludmilla herüber.

In sich zusammen gekrümmt saß Mama in einer Ecke und betete. Es dauerte sehr lange, bis er irgendwann zurückkam. Mama solle sich um ihre Freundin kümmern.

„Von dieser Geschichte darf niemand erfahren! Wir müssen das für uns behalten", warnt er meine Mutter. Am liebsten hätte sie ihn umarmt, so erleichtert war sie. Aber er war schon weg.

Die Kranke war immer noch blass und schwach, aber sie blutete nicht mehr. Ein kleines Bündel lag am Ende des Bettes. Mama scheute sich, es anzusehen.

Ludmilla sagte: „Ich kümmere mich selbst darum."

Erleichtert und unendlich froh ging Mama schlafen.

Etwa eine Woche später verließ Ludmilla ihren Mann und zog in Alexejs kleines Zimmerchen. Ihr Mann weigerte sich, ihr die fünfjährige Tatjana zu geben. Auch die alte Pelageja, Ludmillas Mutter, war sehr sauer auf ihre Tochter.

Aber Ludmilla hatte ihre Liebe gefunden. Sie blühte auf und trug ihren Kopf trotz übler Nachrede hoch erhoben. Beide waren so glücklich, und bald verlieren ihre Nachbarn das Interesse daran, über sie zu lästern.

Doch Glück ist ein mieser Verräter. Als das Glück vollkommen schien und das Paar sein gemeinsames Kind erwartete, erkrankte Alexej an Tuberkulose.

Zu dieser Zeit galt die Krankheit fast als unheilbar. Ludmilla kümmerte sich Tag und Nacht um ihren geliebten Mann. Sie probierte jedes Mittel, um ihn zu heilen. Sie lief von einer Heilpraktikerin zur anderen. Ein alter Chinese riet ihr sogar, Hundefleisch zur Heilung anzuwenden. Sie kochte es und aß es mit, um jedem Verdacht zu entgehen.

Und ein Wunder geschah! Alexej wurde gesund, aber Ludmilla erkrankte, weil sie sich angesteckt hatte. Sie gebar gerade noch rechtzeitig eine Tochter, Swetlana. Das Baby war kerngesund, aber Ludmilla ging es immer schlechter.

Irgendwann heißt es, es gibt keine Hoffnung mehr. Alexej war am Boden zerstört. Er konnte es nicht fassen. Jetzt war er derjenige, der an ihrem Bett saß und ihre Hand hielt, bis zur letzten Minute.

Nach der Beerdigung schottete sich Alexej ab und fing an zu trinken. Einer musste sich aber um die Kleine kümmern. Ludmillas Mutter Pelageja, eine rigorose Frau, zog bei Alexej ein und übernahm den Haushalt und die Erziehung der Kinder.

Ludmillas Tod erschütterte alle, auch diejenigen, die über sie gelästert und getratscht hatten.

Meine Mutter war besonders traurig. Sie hatte Ludmilla liebgewonnen. Deshalb gab sie ihrer neugeborenen Tochter ihren Namen und hoffte, dass sie auch eines Tages so hübsch und intelligent sein würde, wie Ludmilla.

Das bin ich.

PELAGEJA.

Auch nach dem Tod ihrer besten Freundin Ludmilla pflegt meine Mutter den Kontakt zu Alexej und seiner Familie weiter. Alexej sucht weiter Trost im Schnaps und Pelageja macht sich Sorgen. Schließlich schmiedet sie den Plan, ihre ältere Tochter Vera mit Alexej zu verheiraten. Vera hat nichts dagegen. Sie kommt und zieht bei Alexej ein. Aber Vera hat nicht annähernd die Ausstrahlung ihrer kleinen Schwester abbekommen. Sie ist ein graues Mäuschen.

Wir ahnen nichts Gutes.

Alexej lässt sich zwar verführen, aber glücklich ist er nicht. Er kann Vera nicht lieben. Aber seine Tochter liebt er, und seine Schwiegermama Pelageja hat er ins Herz geschlossen.

Irgendwann kommt der Bruder von Alexej zu Besuch aus Georgien, aus fast zehntausend Kilometer Entfernung.

Der Bruder bringt Alexejs Sohn aus erster Ehe mit. Inzwischen ist er 18 Jahre, groß und hübsch. Seine Mutter hat ihn ihn zu seinem Vater geschickt. Sie hatte mitbekommen, dass Ludmilla tot ist. Nun lässt sie Alexej wissen, dass sie bereit sei, ihn und seine Tochter bei sich aufzunehmen.

Wenn Besuch kommt, wird in jeder georgischen Familie der Tisch reichlich bedeckt. Eines Tages sind Alexej und seine Gäste auch bei uns. Es wird getrunken, gegessen und gesungen.

Die kleine Swetlana geht inzwischen in die Schule. Sie ist Papas Liebling und sehr verwöhnt. Ihren neuen Bruder hat sie ins Herz geschlossen und klebt an Ihm wie eine Klette.

Später sprach Mama oft von diesem Moment, als sie erkennen konnte, was in dieser Familie passieren wird.

Als sie die Teller in die Küche bringt, steht plötzlich Alexej hinter ihr. Er ist betrunken und unendlich traurig.

Spontan umarmt er meine Mutter und gegen Tränen ankämpfend sagt er: „Aber ich liebe doch meine Tochter!"

„Das ist doch schön!" antwortet meine Mutter.

Es kommt ihr etwas merkwürdig vor. Sie fragt ihn, was er damit sagen wolle. Aber Alexej hat sich schon wieder im Griff, er wischt sich die Tränen ab und singt laut.

Sie verwirft den beklemmenden Gedanken und vergisst dieses Gespräch. Als am nächsten Abend Pelageja an unsere Tür klopft, verschwitzt und ganz außer Atem, weil sie so schnell gelaufen ist, fällt Mama der Vorfall wieder ein.

„Er ist weg!" Mama ahnt schon, fragt aber trotzdem.

„Wer ist weg?"

„Alexej! Sein Sohn hat ihn überredet nach Georgien zurückzukehren. Er hat uns einfach verlassen! Er hat seine Tochter verlassen!"

Mama sieht Alexejs Gesicht vor sich und denkt, dass es nicht einfach für ihn sein kann. So „einfach" bricht man nicht von zu Hause aus, und verlässt sein Kind. Er wird sein Kind immer lieben und sich nach Swetlana sehnen, schon weil sie ein Abbild ihrer Mutter ist, im Äußeren wie im Wesen. Am liebsten würde Mama Pelageja sagen, dass auch sie Schuld daran habe, dass er weg ist. Er war unglücklich in seiner Ehe mit Vera. Das hat doch jeder erkannt. Aber Mama möchte Pelageja nicht kränken. Es ist schwer genug für die alte Frau, die nun allein ein Kind zu versorgen hat.

Diese Geschichte beschäftigt uns noch eine Weile, aber das Leben geht weiter, und irgendwann sprechen wir nicht mehr darüber.

Eines Tages kommt Pelageja wieder mal zu uns, und wedelt

mit einem Blatt Papiere vor Mamas Nase.

„Ein Brief! Von Alexej!"

„Und? Sag schon!", drängt Mama.

„Er lädt uns zu sich ein!"

„Wie, zu sich? Nach Georgien?"

Mama verschlägt es die Sprache. In zehntausend Kilometer Entfernung schaut man nicht mal eben vorbei. Es ist fast eine Weltreise für eine Siebzigjährige mit einem Kind! Was denkt er sich nur?

In den nächsten Tagen und Wochen beraten wir uns in unserem Freundeskreis, wie Swetlana ihren Vater besuchen soll. Im Brief steht auch, Pelageja solle mitkommen.

„Was soll ich da?", fragt sie uns kopfschüttelnd. Aber sie liebt ihre Enkelin. Und Swetlana liebt ihren Vater. Es wird beschlossen, die Koffer zu packen. Mit unserer Hilfe bricht die alte Frau mit Kind nach Georgien auf.

Der Abschied fällt uns allen schwer. So viele Ereignisse haben uns zusammengeschweißt. Und wir wissen nicht, ob wir uns irgendwann wiedersehen.

Wie heißt es doch: Der Mensch denkt, Gott lenkt.

Einige Jahre später stehen plötzlich beide wieder bei uns vor der Tür.

„Wir sind abgehauen", verkündet Pelageja trotzig.

Die georgische Küche, die so vielfältig ist, gefällt ihr nicht.

„Jeden Tag Gemüse!", schimpft sie.

„Ich möchte ein Eisbein und Bratkartoffeln! Sülze! Mohnkuchen! Und schon gar nicht Maisbrei mit Käse! Grässlich!"

Mein georgischer Vater lacht laut über diese Ansicht.

Wir freuen uns, sie wiederzusehen. Und wir verstehen auch, dass es noch einen anderen Grund geben muss, warum sie weggelaufen sind. Heimweh? Einen alten Baum verpflanzt man nicht.

Swetlana, ein hübsches, selbstbewusstes Fräulein, wollte Oma nicht allein zurückfahren lassen. Außerdem hatte die georgische Verwandtschaft für sie entschieden, dass sie alt genug zum Heiraten sei. Die gezielte Suche nach einem passenden Ehemann hatte Swetlana so verschreckt, dass sie auch ohne ihre Oma abgehauen wäre. Sie hat aufmerksam beobachtet, dass die Frauen zwar von georgischen Männern verehrt, geliebt und verwöhnt werden, dass sie aber glauben, immer neue Frauen erobern zu müssen. Dabei wollte sie auf keinen Fall mitspielen.

Und nun stehen beide vor uns, ein paar Taschen mit persönlichen Sachen an den Händen, sonst nichts.

Aber wofür sind Freunde da? Beiden wird geholfen. Ein Häuschen wird gekauft, renoviert und möbliert. Swetlana geht studieren, Pelageja führt den Haushalt und erzählt bei jeder Gelegenheit, wie sehr sie unter dem ungewohnten Essen in Georgien gelitten hat. Irgendwie merkt man, sie ist sehr stolz auf sich, Swetlana und ihre Abenteuer.

Pelageja erreichte ein hohes Alter, lebte bei ihrer Enkelin und war bis zu ihrem letzten Tag glücklich.

Doch ihr letzter Tag war ein grauenhafter Tag.

Sie rutschte beim Befüllen der Badewanne aus und fiel in die Badewanne mit kochend heißem Wasser. Durch ihre Verbrühungen ist sie qualvoll gestorben.

ANDERE LÄNDER, ANDERE SITTEN

Als ich neun Jahre alt war, besuchten wir Georgien, die Heimat meines Vaters. Meine Großeltern hatte ich nie kennen gelernt. Sie sind lange vor meiner Geburt gestorben. Doch mein Vater hatte zahlreiche Tanten, Cousins und Cousinen. Und sie alle wollten uns unbedingt kennenlernen.

Die sechs Wochen Ferien vergingen wie im Flug mit unendlichen Besuchen und üppigen Festessen.

Die georgische Küche ist sehr abwechslungsreich, weil sie Geschmacksrichtungen vieler Völker – Osmanen, Russen, Perser, Araber – vereint. Viele Gerichte sind mit frischem Koriander, Petersilie und Pfefferminze, Walnuss, Granatapfelkernen und Knoblauch gewürzt. Besonders viel Walnuss wird verwendet, Walnuss im Hauptgericht, Walnusssoße, Walnuss im Dessert.

Am ersten Tag, als wir gerade angekommen waren, um vorschriftsmäßig als erstes die älteste Tante meines Vaters zu besuchen, war es schon Nachmittag.

Was waren wir müde von der langen Busreise und noch einem langen Fußmarsch danach. Die Hitze machte uns sehr zu schaffen. Doch endlich saßen wir auf einer schattigen Veranda, die mit Weinreben zugewachsen war.

Die alte Tante ist allein zu Hause. Sie war glücklich, uns zu sehen, knutschte uns alle der Reihe nach, kniff liebevoll aber kräftig unsere Wangen, und dann bot sie uns endlich Wasser aus dem kühlen Brunnen an. Sie plauderte ununterbrochen. Doch außer meinem Vater verstand sie leider keiner. Georgisch sprechen wir nicht, auch meine deutschstämmige Mutter nicht. Aber sie lächelte höflich und nickte. Uns wurde es bald langweilig. Wir gingen in den Garten, kletterten auf die Bäume und machten uns über Obst, Nüsse und Beeren her.

Alles schmeckte vorzüglich. Trotzdem bekamen wir irgendwann richtigen Hunger und fragten unsere Mutter nach einer Mahlzeit. Sie gab die Frage an meinen Vater weiter, und so erfuhren wir, dass wir noch etwas länger warten müssten. Erst musste der Sohn von der Arbeit kommen, dann die Schwiegertochter. Und als die uns dann auch noch lange genug abgeknutscht hatten, entschlossen sie sich endlich, eine Mahlzeit vorzubereiten. Erst wurden Maiskolben geschält und die Körner in einen Leinensack gefüllt, den dann mein Onkel auf seine Schulter hievte und zu einem Kilometer entfernten Mühle brachte. Inzwischen wurde ein Ferkel geschlachtet, gesäubert und auf dem offenen Feuer zum Grillen aufgespießt. Dem Ferkel folgte ein Dutzend Hühner. Alles sah so lecker aus. Und es duftete herrlich. Nachbarn waren inzwischen gekommen, und bevor sie ihre Hilfe anboten, knutschten sie uns alle auch noch ab.

Als es schon fast dunkel ist kam endlich der Onkel mit dem Sack Maismehl. Auf der Feuerstelle wurde ein großer Kessel aufgestellt und darin Mamaliga gekocht, ein aus Maisgrieß hergestellter fester Brei, ähnlich der italienischen Polenta. Unser Besuch ist Anlass für ein großes Fest. Und ein Fest zu feiern, bedeutet in Georgien nicht einfach, ein Essen auf den Tisch zu bringen. Man feiert richtig. Fast das ganze Dorf kommt zu solchen Festen. Es wird stundenlang gegessen, getrunken, gesungen und Lesginka getanzt.

Doch das wesentliche verpasste ich bei diesem ersten Fest. Ich war so müde, dass ich einfach beim Feuer einschlief. Mama hätte uns gerne ins Bett gebracht, doch zuvor sollten wir etwas essen. Aber das Essen war noch lange nicht fertig! So bat meine Mutter die Tante um drei Gläser Milch für uns.

Als ich aus meinem Glas einen Schluck Milch nahm, spuckte ich ihn sofort wieder aus.

„Was ist los?" erschrak sich meine Mutter. „Ist die Milch sauer?"

„Nein", sagte ich, „nur salzig".

Sie glaubte mir nicht und trank selbst einen kleinen Schluck. Sie war viel zu höflich, um dasselbe wie ich zu machen, denn die Tante schaute uns mit großen Augen an. Mama bedankte sich trotzdem und brachte uns ins Bett. Drei volle Gläser Milch blieben stehen. Mein Vater wunderte sich über unser Benehmen.

„Was ist los mit euch, warum trinkt ihr die Milch nicht?"

Meine Mutter hielt ihm ein Glas entgegen: "Willst du probieren?"

Aus meinen müden Augen konnte ich noch sehen, wie Papa die Milch ebenfalls ausspuckte.

„Tut mir leid, ich habe vergessen, in Georgien trinkt man Milch mit einer Prise Salz."

In dieser Milch war wohl eine sehr große Prise Salz gewesen.

Als ich dann einschlief, träumte ich vom Spanferkel und von Milch mit Honig, wie Mama sie uns immer vor dem Schlafengehen gab.

SO WEIT DIE SCHUHE TRAGEN

Nachdem ich als Neunjährige mein größtes Abenteuer, eine Reise mit der transsibirischen Eisenbahn mit annähernd zehntausend Kilometer von Ost nach West und wieder zurück, erlebt hatte, träumte ich davon, einmal mit einem Auto die Welt zu bereisen.

Zwar bot unser kleiner Kurort am Schwarzen Meer mit malerischem Strand, Palmen- und Magnolienalleen auch viel Interessantes. Auf den künstlich angelegten Teichen im Park schwammen majestätisch Schwäne, auf den kleinen Inseln stolzierten Flamingos. Jedes Jahr kamen tausende Touristen aus aller Welt, die herausgefunden hatten, dass unsere Schwarzmeerküste wirklich eine Perle des Südens und viel preiswerter ist, als in die Karibik oder nach Mittelamerika zu reisen.

Aber mich zog es in die Ferne. Und dafür brauchte ich Geld. Mein Beruf als Bibliothekarin brachte mir nur einen kleinen Lohn ein. Aber ab Anfang Mai bis Ende Oktober war bei uns Badesaison. In dieser Zeit bot sich uns die Möglichkeit, so viel Geld zu verdienen, dass wir im Winter davon leben konnten. Arbeitslosengeld gab es in Russland nicht. Beste, gut bezahlte Jobs gab es in der Gastronomie, beim Verkauf oder in anderen Dienstleistungsbereichen. Manchmal zwang ich mich, die langweiligsten, aber profitabelsten Jobs zu erledigen.

So einen Job hatte ich Mitte der 70er Jahre: Damenschuhe verkaufen. Nach zwei Wochen in diesem kleinen Schuhladen hatte ich herausgefunden, dass die Hälfte der weiblichen Bevölkerung einen Halux Valgus hat und ein Drittel die Beine nicht rasiert.

Was ich verkaufte, waren handgemachte Designer-Schuhe einer kleinen Firma. Nicht schlecht im Vergleich mit der üblichen Ware. Aber mehr auch nicht. Nur russische Frauen, die in ihrem Leben der ewigen sowjetischen Mangelwirtschaft ausgesetzt waren, können das Glücksgefühl schätzen, ein Paar italienische Schuhe oder eine französische Ledertasche ergattert zu haben. Die gab es leider nur auf dem Schwarzmarkt zu kaufen.

Mein erster Arbeitstag war ziemlich langweilig. Es regnete in Strömen, und es waren nur wenige Menschen unterwegs. Gelangweilt blätterte ich in einem Modemagazin und döste vor mich hin. Nachmittags riss auf einmal die Wolkendecke auf. Die Sonne überflutete den Marktplatz. Aus meinem Halbschlaf-Zustand riss mich eine Dame, die sich plötzlich vor meinem Verkaufsstand aufgebaut hatte. Ohne zu fragen, schnappte sie sich kurzerhand weiße Sandalen aus Leder aus dem Regal und begann, sie in ihren Händen zu drehen und zu wenden. Dann stieg sie aus ihren schmutzigen Strandlatschen und zwängte ihren ungewaschenen, verschwitzten Fuß, an dem noch Sand haftete, in eine schicke Sandale, ohne nach Probier-Söckchen zu fragen. Ich schluckte tief, lächelte aber höflich.

„Sag mal, Mädchen. Ist das gute Qualität? Werden die lange halten?", fragte sie schnippisch. Ihr Gesichtsausdruck wie auch ihr Ton waren unfreundlich und abweisend.

Ich selbst war stolze Eigentümerin schicker italienischer Schuhe, die ich von einer Bekannten ergattert hatte. *Woher soll ich wissen, wie lange diese Schuhe deinen schweren Körper tragen werden? Ich trage sie nicht, ich verkaufe sie nur.* Aber das behielt ich für mich, als Antwort murmelte ich nur: "Hmm, gut."

„Das sagen alle, und dann nach einer Woche sind sie kaputt!"
schnaubte die Kundin.

Was glaubt sie, was ich ihr antworten soll? Aber ich war von
meinem Chef instruiert worden, bei provokanten Fragen höflich zu bleiben

„Nein, nein, wir haben keine Reklamationen", versicherte ich
der dicken Dame.

Die *dicke Tante mit schmutzigen Füßen*, wie ich sie ab jetzt
insgeheim nannte, beschäftigte mich noch eine halbe Stunde.
Ich schleppte zig Schachteln, öffnete sie und suchte nach der
richtigen Größe. Doch dann schlüpfte die unverschämte Frau
in ihre alten Sandalen zurück und ging.

Ich blieb mit völlig verschwitztem T-Shirt und abgebrochenen
Nägeln zurück. Wütend verstaute ich die Schuhe zurück in die
Schachteln und schimpfte laut vor mich hin.

Ja, ich musste Geld verdienen, wenn die Arbeit auch keinen
Spaß machte. Ein Glück, das ich einen festen Lohn hatte, so
konnte ich in jeder freie Minute Bücher lesen. Nur wenn mein
Chef mir einen Besuch abstattete, versteckte ich das Buch.

Unterschwellig hasste ich meinen Job als Schuhverkäuferin,
bis ich unerwartet eine Lektion erteilt bekam.

Keine zwanzig Meter von meinem Kiosk entfernt verkaufte
der etwa 50-jährige Armenier Aram seine selbst gefertigten
Krawatten. Ein Dutzend verschiedene Formen, Muster und
Farben aus verschiedenen Stoffen. Selbst trug er ein schwarzes
Hemd mit aufgekrempelten Ärmeln und eine schwarze Krawatte aus Leder. Seine langen Haare band er mit einem leder-
nen Bändchen. Der Mann war echt zum Verlieben.

Eines Tages, als ich schon eine Woche seine Nachbarin war,
überraschte er mich mit seiner Ansage: „Als dein Chef würde

ich dich spätestens jetzt rausschmeißen!"

Ich wurde rot und musste erst einmal den Angriff verdauen.

„Und ich fand dich so sympathisch", ging es mir durch den Kopf.

Als ich mich wieder gefasst hatte, fragte ich dann doch:

"Was meinst du damit?"

Und nun bekam ich meine erste, schnellste und wirksamste Ausbildung zur Kauffrau. Er erzählte mir, ich könnte locker das Doppelte an Schuhen verkaufen, wenn ich seine Verkaufsstrategie befolge.

„Du solltest die Kaufentscheidungen der Kunden beeinflussen, Vernunft und Verstand der Kunden ausschalten und dein Produkt schmackhaft machen. Du solltest potenzielle Kunden erkennen und ihr Bauchgefühl aktivieren. Das macht Menschen verschwenderisch. Sie kaufen manchmal Dinge, die sie gar nicht brauchen, aber das erkennen sie erst später. Ich demonstriere dir einfach mal, wie ich es mache."

Er krempelt seine Ärmel noch weiter hoch und schaut in den Strom der Touristen, die an unseren Ständen vorbeigehen.

Eine etwa 40-jährige Frau bleibt an seinem Stand stehen. Sie betrachtet bunte Krawatten, lässt sie durch ihre Hände gleiten, legt sie zurück und bewundert auch die Muscheln, die reichlich als Dekoration an seinem Stand liegen.

In diesem Moment spricht er sie an.

Seine Stimme klingt jetzt ganz anders als vorhin, als er mir Unterricht erteilt hat, tief und verführerisch.

Er drückt die Muscheln an ihr Ohr, dabei streichelt er nur leicht ihre Wange.

„Hören sie? Es rauscht wie das Meer dort drin."

Ich schaue genau hin. Er lenkt die Aufmerksamkeit der Frau auf seine Krawatten. Sie sagt, ihr Mann trage selten Krawatten.

Für mich wäre jetzt das Verkaufsgespräch zu Ende. Für meinen Lehrmeister fängt es jetzt erst an. Er erzählt ihr, wie er mit seinen Freunden Party feiert und was für eine wichtige Rolle die Krawatten dabei spielen.

Ich schaue genau zu und verpasse doch die Wendung in der Stimmung der Frau. Ich sehe nur, wie er ein Dutzend Krawatten in Seidenpapier wickelt, kassiert und sich sehr galant von der verschwitzten und aufgeregten Kundin verabschiedet.

Auch hier wäre für mich das abgewickelte Geschäft zu Ende. Für ihn nicht. Er schaut der Kundin hinterher und seine Augen sind jetzt nur noch Schlitze.

Plötzlich, ein paar Meter weiter, bleibt die Frau stehen, wickelt die Krawatten aus und betrachtet sie. Ich kann ihr Gesicht nicht sehen, doch ihre Haltung verrät Unsicherheit. Als sie sich in Richtung des Standes in Bewegung setzt, rennt er ihr schon entgegen.

„Ja, natürlich, sie haben vergessen die wunderbare Muschel mitzunehmen!"

Er drückt der überrumpelten Frau die Muschel ans Ohr und schaut ihr verführerisch in die Augen. Sie wird von seiner Nähe ganz berauscht und schwitzt noch mehr. Zittert sie ein bisschen? Jetzt möchte sie die Muschel bezahlen.

„Das glaube ich nicht!"

Aram drückt der Frau die Muschel in die Tasche und flüstert süffisant:

"Das schenke ich ihnen als Andenken an unsere Begegnung."

Schwankend trottet die Frau fort. Erst jetzt kann er sich zurücklehnen und das Geschäft als erfolgreich abgeschlossen betrachten. Danach drehte er sich zu mir, zwinkert grinsend und vertieft sich in seine Arbeit. Er hat der Frau gerade acht

Krawatten verkauft und eine Muschel geschenkt, die wir als Dekoration zu unseren Ständen kostenlos bekommen.

Am Ende der Saison hatte ich ein gutes Sümmchen zu verbuchen. Endlich konnte ich meine Asien-Reise mit meinem Lada antreten.

„LIEBCHEN"

Bei einem Besuch meiner Schwester in Norddeutschland sehe ich abseits der Straße einen alten Lada. Und schon sind sie wieder da, die wehmütigen Erinnerungen an meine Vergangenheit in den achtziger Jahren, genauer gesagt, an mein erstes eigenes Auto.

In unserem Urlaubsort an der Schwarzmeerküste gab es damals nur zwei Frauen, die Auto fuhren, die Chefin der Tankstelle und ich. Sie besaß einen *„Wolga"*, eine robuste russische Automarke, ich fuhr *„Lada"*. Der italienische Autohersteller „Fiat" hatte Ende der 60er Jahre mit einem kompletten Montagewerk in Russland den in Deutschland als FIAT 124 bekannten Mittelklasse–PKW ins Leben gerufen. Die Stadt *Stawropol-Wolschskij* ließ sich eigens nach dem Vorsitzenden der Kommunistischen Partei Italiens Togliatti benennen, um beim Autokonzern *Fiat* die Chance auf eine Lizenz zu haben.

Frühere bekannte Automarken, die in Russland produziert worden sind, waren der Oldtimer Pobeda (Sieg) und das Luxusmodell GAZ-14, das unter der Ford-Lizenz gebaut wurde, und die Tschaika (Möwe). Mit Tschaika fuhren unsere Parteigenossen.

Eine Überlieferung aus damaliger Zeit lautet, dass das Auto „Pobeda" ursprünglich „Rodina" (Heimat) heißen sollte. Als Stalin dies erfuhr, fragte er sarkastisch:

"Nun, was kostet die Heimat?"

Die Option verschwand sofort.

Stalins Lieblingsauto war der Packard-12, den er im Jahr 1935 vom amerikanischen Präsidenten Franklin Roosevelt als

Geschenk erhielt. Gerüchten zufolge sah er sich im Jahr 1945 aus dem Fenster seines Packard die Ruinen des eroberten Berlins an.

Während Stalins Regierungszeit erhielten die sowjetischen Automobilhersteller die Aufgabe, eine sowjetische Limousine zu konstruieren, die von höchsten Funktionären genutzt werden konnte.

Daraufhin produzierte „Sawod Imeni Stalina", beziehungsweise die „Fabrik namens Stalin", das SIS-110-Modell. Und obwohl Stalin seit dem Jahr 1947 ein neues sowjetisches Auto benutzte, gab er seinen geliebten Packard nie ganz auf.

In den 50er Jahren kam die Limousine "Wolga" hinzu. Damals übertraf das Auto sogar die westliche Qualität, allerdings fuhren damit fast nur Bonzen und die Mitarbeiter des russischen Geheimdienstes KGB. Privatleute konnten dieses Modell nicht erwerben. Der Vorteil des „Wolga" war, dass er in Notfällen mit einer Kurbel gestartet werden konnte.

Der *Lada*, aus der russischen Sprache übersetzt „Liebchen", wurde zum beliebtesten Auto in der russischen Gesellschaft. Welch niedlicher Name! Für heutige Fahrer, durch Komfort und Technik verwöhnt, ist seine simple Technik kaum vorstellbar: schlichte 60 PS, keine Servolenkung, kein ABS und keine Klimaanlage, dafür Stoßstangen aus verchromtem Stahl statt aus Kunststoff.

Aber wo weniger ist, kann weniger kaputt gehen.

Mein *Lada* war trotzdem ein Schmuckstück, außen weiß, innen schwarz, und es war Liebe auf den ersten Blick.

Das erste Auto ist wohl für die meisten etwas mehr als ein Transportmittel, für mich bedeutete es die große Freiheit!

Ich nutzte jede freie Minute, um mit dem Auto durch die Stadt zu fahren. Durch die offenen Fenster genoss ich den erfrischenden Fahrtwind.

Ich hatte Blut geleckt. Es war mir klar, dass ich ohne Auto und die Freiheit, die es bot, nicht leben wollte.

Und sehr bald wurde ich zur begehrtesten Frau unserer Stadt. Wenn ich mit dem Auto an der Tankstelle vorfuhr, blieben alle männlichen Blicke an mir haften, als wollten sie mich verschlingen. Bewunderung, aber manchmal auch Neid brachte mir der Besitz meines heißgeliebten *Lada* ein.

Ich bemerkte, dass einige junge Frauen, die auf der Straße hinter sich ein Motorgeräusch hörten und keine Frau am Steuer erwarteten, Schultern und Brust reckten und ihre Hüften auffallend stärker wiegten. Es belustigte mich, wenn ich ihre enttäuschten Gesichter im Rückspiegel sah.

Einmal, als ich mit geplatztem Reifen am Straßenrand stand, hoffte ich, dass sich ein Gentleman erbarmt und mir hilft, das Rad zu wechseln. Abgesehen davon, dass ich keine Ahnung vom Reifenwechsel hatte, wollte ich mein schickes Kleid nicht schmutzig machen.

Ich stand schon eine halbe Stunde, ohne dass ein Wagen stehen blieb. Wenn mehr Frauen unterwegs gewesen wären, hätten sie mir vielleicht aus Solidarität geholfen. Aber wie gesagt, ich war die zweite Frau, die mit einem Auto in unserer Region unterwegs war, und konnte nicht erwarten, dass die Chefin von der Tankstelle kommt und mir das Rad wechselt. Hätte sie wahrscheinlich auch nicht getan, weil ich sie mit dem Erwerb meines *Lada* ihrer Einzigartigkeit beraubt hatte.

An dem Tag, als ich die Reifenpanne hatte, habe ich etwas fürs Leben gelernt.

Als ein Auto vor uns stehen blieb und vier kräftige Jungs meine Freundin und mich interessiert betrachteten, wunderte ich mich, warum sie nicht ausstiegen. Sie ließen sich Zeit. Nachdem sie sich lange genug über Frauen am Steuer amüsiert, gelästert und uns mit zweideutigen Witzen überhäuft hatten, fuhren sie weg. Das Letzte, was ich hörte, war die Bemerkung: „Wer fahren kann, soll auch Reifen wechseln können."

Meine Freundin war das Warten leid, krempelte sich entschlossen ihre Ärmel hoch und fing an, die Schrauben an den Felgen zu lösen. Und, oh Wunder, in weniger als 20 Minuten war das Rad gewechselt! Es war gar nicht so schwer!

Dieser lehrreiche Unterricht von damals half mir **künftig**, einige kleine Pannen selbst zu beheben. Frau muss sich nur trauen, und es erfüllte mich mit Stolz. Leider sind bei modernen Autos meine Erfahrungen nicht mehr zu gebrauchen. Damals konnten wir sogar Strumpfhosen als Keilriemen einsetzten, was mir einmal sehr nützlich war, **als ich** mit meinem geliebten *Lada* und meiner 6-jährigen Tochter durch Asien unterwegs war. Soweit das Auge reichte gab es keine Tankstelle, kein Haus und keine Gaststätte, als der Keilriemen riss. Wie froh war ich, dass ich eine Strumpfhose dabeihatte.

Dass ich mit dem Auto eine Asienreise von 7.000 km zurücklegen würde, glaubte mir keiner. Aber ich war jung und abenteuerlustig, und die Reise wird mir trotz oder gerade wegen etlicher kleiner Pannen unvergesslich bleiben.

An einem heißen Sommertag Ende August 1982 brachen wir von Georgien nach Kirgisien auf, eine Strecke von etwa dreitausendfünfhundert Kilometern lag vor uns.

Erst ging es 600 km durch Georgien, das Land meiner Vorfahren väterlicherseits. Die Geschichte Georgiens, geprägt von ihren verschiedenen Herrschern, liegt im Westen Kaukasiens, am Ostufer des Schwarzen Meeres. Nördlicher Nachbar ist die Russische Föderation. Im Südosten grenzt die Republik an Aserbaidschan, im Süden an Armenien, im Südwesten an die Türkei.

Jahrhunderte lang war Georgien ein christliches Königreich, vom Islam bedrängt. Während ihrer zweitausendjährigen Geschichte war es Teil des Römischen Reiches, danach herrschten Araber, Perser, Türken und ab dem Ende des 18. Jahrhunderts bis zum Ende der Sowjetunion stand Georgien unter russischer Herrschaft. Das hat den architektonischen Stil von Bauwerken in Georgien geprägt, aber auch die Sprache. Arabische, persische und armenische Wörter sind in der georgischen Sprache zu finden. Und die georgische Schrift, ähnlich der griechischen, ist sehr dekorativ.

Ich habe die Sprache meines Vaters nie gelernt, was mir bis heute noch leid tut. Lag es vielleicht daran, dass ich schon 16 Jahre alt war, als wir dort ankamen? Oder liegt es daran, dass Georgisch zu den ältesten und schwierigsten Sprachen der Welt gehört. Ich kann es nicht beantworten. Aber ich schätze, es lag daran, dass zu der Zeit Russisch dort die erste Amtssprache war, was mir das Leben in Georgien erleichterte.

Die Georgier behaupten, ihre Sprache sei gar nicht schwer. Ich habe nachgelesen: In der georgischen Sprache gibt es keine Großbuchstaben, und es gibt keine männlichen und weiblichen Hauptwörter, alles wird durch den Zusammenhang bestimmt. Allerdings gibt es auch georgische Wörter, die aus acht Mitlauten (Konsonanten) in einer Reihe bestehen!

Na, wenn das nicht schwer ist!

Und auch mit den Zahlen ist es ähnlich schwierig wie im

Deutschen, bei dem ich auch nach 26 Jahren noch meine Probleme habe. Sie werden von rechts nach links gelesen.

Georgien ist ein schönes Land, voller faszinierender Legenden. Eine von ihnen erzählt:

Als Gott die Länder unter den Völkern verteilte, feierten die Georgier gerade ein Festmahl anlässlich der Erschaffung der Welt.

Sie unterbrachen nur ungern ihr Fest und machten sich auf den Weg zur Verteilung. Es stellte sich heraus, dass sie zu spät kamen, die Länder waren schon verteilt.

Die Georgier baten um Entschuldigung: "Verehrter Schöpfer, es tut uns leid, dass wir zu spät gekommen sind. Wir haben für dich unser Fest abgebrochen, auf dem wir viel auf deine Gesundheit getrunken haben." Gott überlegte kurz und sagte: "Ich habe ein Stück Land für mich selbst reserviert, aber für eure Spontanität und Direktheit gebe ich es euch! Denkt immer daran, dass dieser Teil der Erde unvergleichbar schön ist, und die Menschen werden es immer gerne besuchen und bewundern."

Es geschah, was Gott sagte. Seit Jahrhunderten bewundern viele Besucher die Schönheit eines kleinen, aber stolzen Landes.

Georgische Gastfreundlichkeit ist mir bekannt. Mein Vater konnte kein Wochenende ohne Gäste verbringen. Unser Haus war immer voller Freunde und Bekannten. Und es waren nicht nur gewöhnliche Festessen. Ein Tamada sprach einen Tost und erst danach wurde getrunken, gesungen und getanzt. Das sind sehr schöne Rituale.

Die malerische Landschaft und Architektur erinnern an Süditalien, manche nennen Georgien „die kaukasische Riviera".

Übrigens: in der Altstadt von Tiflis steht neben Kirchen und Synagogen auch ein schiefer Turm wie im italienischen Pisa. In dem sehr schönen Gebäude mit einem ganz besonderen

Charme gibt es heute noch ein Marionetten Theater.

Am Tag unserer Durchreise wurde das Puppentheater gerade neu eingeweiht. Ich hätte mir gerne mit meiner Tochter einen Abend mit faszinierenden Puppenspielen gegönnt, aber vor uns lag eine lange Reise, und wir haben den Theaterbesuch auf den Rückweg verschoben.

Die herrliche georgische Natur mit dem milden Klima lässt Tee, Zitrusfrüchte und Wein gedeihen und die Menschen aufgeschlossen und gastfreundlich sein.

Mit der Zeit wurde mir immer stärker bewusst, dass dort immer noch das Patriarchat herrscht, obwohl Georgier einer christlichen Religionsgemeinschaft angehören. Die griechisch-orthodoxe Kirche legt die Heilige Schrift immer noch so aus, dass der Mann das Oberhaupt des Hauses sein und die Frau sich fügen soll.

Eine ganz schreckliche georgische Sitte, die mich damals schon erschaudern ließ, ist ein Brauch, der in ländlichen Gegenden heute noch verbreitet ist: die Entführung der zukünftigen Braut. Solche Verschleppungen sind teilweise von Eltern und Geschwistern arrangiert. Was manche romantisch finden, geschieht meistens gegen den Willen der Frau und manchmal kommt es dabei auch zu sexuellem Missbrauch. Doch nicht vorhandene Unberührtheit und Scheidung bedeuten Schande für Frauen.

Gut, dass mein Vater den größten Teil seines Lebens in Russland verbracht hatte, er war frei von solchen Unsitten und Gebräuchen. Wie liebte ich ihn dafür!

Aber zurück zu unserer Reise.

Aserbaidschan liegt am Kaspischen Meer. Die Fahrt von Baku, der Hauptstadt Aserbaidschans, dauerte fast 18 Stunden, obwohl die Entfernung nach Turkmenistan nur etwa 350 Km beträgt. Die Schiffe müssen vor der Hafeneinfahrt manchmal zig Stunden warten bis ihre Anlegestelle frei wird.

Die Altstadt von Baku ist mit engen Gässchen, Terrassen, lauschigen Plätzen und Bänken unter schattigen Bäumen bezaubernd schön. Leider konnten wir uns vom Hafen nicht zu weit entfernen, wir wussten nicht, wann unsere Fähre kommen würde und blieben in der Nähe. Die Nacht verbrachten wir im Park auf Bänken, bis morgens um Acht endlich unsere Fähre anlegte. Die schwüle sommerliche Nacht auf unbequemen Bänken trug nicht gerade zu unserer Erholung bei.

Müde und unausgeschlafen stiegen wir in die Fähre.

Gegen 10 Uhr war es unerträglich heiß auf dem Schiff, es gab keinen Schatten, in dem wir uns hätten verstecken können. Zum Glück wurden in einer Kabine zwei Kojen frei. Eine leichte Meeresbrise wehte ins Innere, und wir schliefen den ganzen Tag, bis der Hunger uns weckte. Wir hatten reichlich für die Fahrt vorgesorgt und verputzten hastig unseren Proviant. Dann schliefen wir weiter.

Am nächsten Morgen waren wir in Turkmenistan, dem Wüstenstaat Mittelasiens und fuhren weiter wir auf der so genannten alten Seidenstraße. Wüste, so weit das Auge reicht. Der gut ausgebaute Zustand der Straße überraschte mich. Sie verlief schnurgerade, wie mit einem Lineal gezogen.

Es war Ende August. In diesem Monat Zeit herrscht in Asien extreme Hitze. Die Luft wird in der Sonne bis zu 55° C warm. Die asiatischen Völker sind an dieses Klima gewöhnt. Sie sitzen im Schatten der Bäume und trinken heißen Tee. Solche Oasen mit kleinen Wäldchen und einem Bach sind alle 50 bis 100 km zu finden. In der Nähe dieser Orte gibt es kleine Felder mit

Wassermelonen, Weintrauben und Obstbäumen, die vom Gebirge her bewässert werden. Der Rest des Landes ist Wüste. Ein Land so groß wie Spanien, aber nur mit etwa 5 Mio. Einwohnern.

Weiter ging es über erstaunlich gute Straßen nach Usbekistan und Kirgistan, Länder, in denen es heute acht UNESCO Weltkulturerbestätten gibt.

Am späten Nachmittag, irgendwo in Turkmenistan, waren wir so müde und verschwitzt, dass wir laut jubelten, als wir eine Gaststätte erreichten. Wir bestellten eine Flasche kaltes Wasser. Meine Tochter planschte im kühlen Bach und kriegte nicht genug davon.

Irgendwann kam sie angelaufen. Kichernd zeigte sie auf eine Gruppe alter Männer, die dampfenden Phialen-Tee vor sich halten. Sie tragen eine Burka und eine Papaha aus Schafsfell.

Die Papaha ist eine weit verbreitete kaukasische Kopfbedeckung für Männer, die aber auch in einigen Teilen Mittelasiens traditionell getragen wird. Was vor Kälte schützt, schützt bekanntlich auch vor der Hitze.

Andere Länder, andere Sitten! Das lernten wir bestens kennen. In diesen armen Regionen begegneten wir den gastfreundlichsten Menschen, die ich bis dahin getroffen hatte. Wir wurden zu Tisch eingeladen, der mit Delikatessen gedeckt war, und wir durften so viel essen, wie wir konnten. Alles schmeckte köstlich! Geld wollten sie von uns nicht annehmen.

Als wir uns verabschiedeten, brachte uns eine Frau in einem bunten Kleid und einem hochgesteckten Turban aus Kopftüchern einen Korb mit weiteren Delikatessen wie Trauben, Feigen und Pistazien. Natürlich stellte sie auch Wasser in unseren Kofferraum.

Mir fällt ein, ich habe nur diese eine Frau gesehen, sonst nur Männer und kleine Kinder. Turkmenistan ist ein muslimisches Land und lebt nach strikten traditionellen Rollenverteilungen für Männer und Frauen. Frauen sind zuständig für die Kindererziehung und die komplette Hausarbeit, für die Versorgung der Tiere, das Melken und die Weiterverarbeitung der Milch und für die Ernte von Obst und Gemüse sowie deren Verarbeitung.

Auch Polygamie ist sehr verbreitet in Turkmenistan. Nur sehr wenige Mädchen gehen studieren, der Rest wird relativ früh verheiratet und widmet sich den vorgenannten Arbeiten, den Kindern und Schwiegereltern.

Den weiteren langen Weg durch die Wüste genossen wir gelassen. Wir sahen Kamele, die sich majestätisch durch die Steppen bewegten, um ab und zu einen vom Wind getriebenen dornigen Strauch zu finden. In dieser Wüste wachsen nur Pflanzen, die mit extremer Trockenheit klarkommen. Einsam und trotzdem schön fanden wir die Landschaft, seltsam und wunderlich, wenn plötzlich Felder mit Wassermelonen, Weintraubenplantagen und Obstgärten wie eine Fata Morgana aus dem Nichts auftauchen.

Wir überquerten die Grenze zu Usbekistan, die nur durch ein kleines Schild kenntlich gemacht war. Dieses Land ist für seine Baumwolle berühmt. Entlang der Straße sahen wir große Felder. Baumwolle ist eine der zeitaufwendigst zu pflegenden Kulturpflanzen und sehr von den Launen des Wetters abhängig. Die Baumwollpflanze braucht so viel Wasser wie keine andere, und doch ist der Regen ihr ärgster Feind. Die weiße Blume saugt schnell Wasser auf und wird schwarz. Sie lässt sich dann nicht bearbeiten und schon gar nicht verkaufen.

Aber in Usbekistan regnet es sehr selten. Dadurch ist das Wasser des Aralsees, der zwischen Usbekistan und Kasachstan liegt, mit der Zeit immer salziger geworden. Es wird nicht mehr lange dauern, bis er ganz austrocknet.

Noch zu Stalins Zeiten wurden von tausenden Menschen kilometerlange Bewässerungskanäle gebaut, um das Wasser von zwei großen Flüssen und das Schmelzwasser der Hochgebirgsgletscher in die Wüste umzuleiten. Dank dieser klugen Bewässerung, des günstigen Klimas und der einzigartigen Lössböden schmecken Früchte und Gemüse Usbekistans unvergleichbar gut. Der Boden ist nährstoffreich und speichert für längere Zeiträume Wasser und Wärme.

Als wir an so einem Feld vorbeifuhren, winkten uns die Baumwollpflücker mit ihren Hüten zu. Wir winkten zurück und sie lachten und winkten noch wilder. Bleibende fröhlich stimmende Bilder!

An einer Gaststätte machten wir Rast. Auf dem offenen Feuer dampfte in einer riesigen Pfanne Pilaw mit Erbsen, Karotten, Rosinen, getrockneten Aprikosen, Kürbissen und Quitten. Uns lief das Wasser im Mund zusammen.

Auch hier sahen wir nur eine Frau, die das Pilaw umrührte, sonst nur Männer und Kinder. Auch Usbekistan ist muslimisch. Usbeken tragen Chapan. Das sind gesteppte Baumwollmäntel, die warm und so lang sind, dass sie bis an die Fersen reichen. Sie sind mit einem langen Taillenschal befestigt. Solche warme traditionelle Kleidung ist praktisch, weil usbekische Häuser auch im Winter unbeheizt sind.

Auf der weiteren Strecke hielten wir bei einem Wassermelonen-Berg an. Solche Berge sind vielfach entlang der Straße zu finden. An manchen Stellen sitzen kleine Kinder und kassieren das Geld, an anderen ist keiner da.

Dort stand nur ein Topf mit Deckel, in den der zu zahlende Betrag hineingehört. Wir machten Rast, schnitten eine der größten Melonen auf und bissen hinein. Der Saft lief uns über Gesicht und Kleidung, aber aufhören mochten wir nicht. Es waren die besten Melonen der Welt! Nie davor und nie danach habe ich Wassermelonen gegessen, ohne mich nach denen aus Usbekistan zu sehnen.

Herrliches Land! Die vielen Seen glitzern in der Sonne und locken Unmengen Vögel an, Kraniche, Flamingos, Pelikane. Ein Land wie aus "Tausend und eine Nacht"!

Ich wäre gerne in einer größeren Stadt eingekehrt, um Minarette und Mausoleen anschauen. Irgendwo hier müssen Ali Baba und seine 40 Räuber ihr Unwesen getrieben haben! Durch meinen Kopf rauschten die gelesenen Geschichten über Aladin und Sindbad, die ich meiner Tochter so gerne erzählt hatte.

Besonders gefiel ihr die Geschichte „1000 und eine Nacht", die von einem König handelt, der jede Frau, die er geheiratet hatte, nach der Hochzeitsnacht töten ließ.

Nur ein Mädchen namens Šahrazăd gelang es, dem König über tausend Nächte zweihundert Geschichten zu erzählen, die ihr Ende jeweils erst in der nächsten Nacht fand. Sie hat es geschafft, aufzuhören, wenn es am spannendsten war, das war ihre Strategie. Und ihr gelang es, ein Kind zu gebären und den König von seiner Blutgier zu heilen.

Als wir den dritten Tag unterwegs waren, sehnten wir uns nach einer richtigen Matratze.

Kirgisien, der gebirgige mittelasiatische Staat, einer von insgesamt 44 Staaten, die keinen direkten Zugang zum Meer haben, war unser Reiseziel. Dort lebten seit einem Jahr meine Eltern. Nach dem tragischen Tod meines Bruders suchten sie einen anderen Ort, wo sie nicht an ihren Sohn erinnert werden. Mittlerweile lebten sämtliche Geschwister von Mama in Kirgisien, die das kalte und raue Klima Kasachstans gegen das trockene, kontinentale Klima Kirgisiens eingetauscht hatten. Der Winter ist dort zwar auch kalt, aber kurz, und es gibt einen heißen Sommer.

Grüne Nadel- und Laubwälder begrüßten uns. Kirgisen sind ein Nomadenvolk, sie leben vom Handel mit Pferden. Seit Jahrhunderten züchten sie zähe, im Gebirge trittsichere kleine Steppen-Pferde von gerade mal 140 Zentimeter Höhe. Die Milch der Stuten wird zu Kumys vergoren und als Getränk serviert.

In einer Gaststätte, in der wir Rast einlegten, wurde uns gleich Kumys angeboten. Mir schmeckte das Getränk gut, meine Tochter weigerte sich, es zu trinken. Sie bekam ein Glas frische Ziegenmilch.

Vier Tage fuhren wir entlang der Seidenstraße. Der Charme des fernen alten Orients verzauberte uns. Manchmal schliefen wir im Auto, ein anderes Mal direkt auf dem Seitenrand. Eine Decke war unser Bett, der klare Sternenhimmel in tiefschwarzer Nacht die Zudecke. Es gab niemanden, der uns Angst einjagen konnte. Und es gab um diese Zeit fast keinen Autoverkehr. Ab und zu kamen Kamele auf der Suche nach Essbarem nah an die Straße heran. Sie schnauften laut und wir wurden wach.

Bei unserer Ankunft klopfte ich anerkennend und dankbar auf die Haube meines staubigen, klapprigen *Lada*: "Gut gemacht, Liebchen!"

Vier Wochen später fuhren wir die gesamte Strecke ein zweites Mal, dann aber in Richtung Heimat.

Ich hatte noch etliche Jahre Freude an meinem *Lada*, bis ich mich 1990 beim Besuch in Deutschland in ein anderes Auto verliebte. Ein zehnjähriger *Opel Rekord* in Weiß mit einem schwarzen lederähnlich überspannten Dach hatte es mir angetan.

UND EWIG LOCKT DAS ABENTEUER

Ich drehte den Zündschlüssel um und hörte nur ein leises Summen. So leise waren unsere russischen Autos nicht. Auch im Fahrkomfort war es ein Riesensprung, aber an den Charme meines *Lada* kam der *Opel-Rekord* nicht heran.

Oder meinte ich das nur, weil ich immer wieder so gerne an meine großartigen Abenteuer mit meinem ersten Auto zurückdachte?

Den Opel Rekord hatte ich 1990, zwei Jahre vor der Ausreise mit meiner Mutter, bei unserem Besuch in Deutschland für 1000 Deutsche Mark gekauft. Das war die Summe, die wir vorher noch in Moskau umtauschen konnten. Als ich mich auf den Rückweg in die Heimat vorbereitete, weigerte sich meine Mutter, mit mir dreieinhalbtausend Kilometer per Auto nachhause zu fahren. Sie hatte Angst. Als ich sie fragte, wovor sie Angst habe, nannte sie mir ein Dutzend Gründe: ein Unfall, eine Panne oder ein Raub auf der Strecke durch Polen und die Ukraine. Erst als ich ihr angeboten hatte, sie zum Flughafen zu bringen und allein mit dem Auto nachhause zu fahren, wurde sie sprachlos. Nein, das wollte sie auf keinen Fall. Lieber sich zusammen auf die gefährliche Reise begeben, als um mich Angst haben müssen.

Weil unser Geld, das wir mitgebracht hatten, gerade fürs Auto reichte, spendierten mir mein Cousin die Anmeldung und die Cousine den Sprit. Außerdem wurde unser Kofferraum vollgestopft mit Lebensmitteln, Schokolade, Bier, Schnaps und drei großen Koffern mit Kleidern, die uns die Verwandtschaft, Bekanntschaft und deren Freunde geschenkt hatten.

Nun war ich bereit, auf die Reise zu gehen.

Es gab damals schon erste Navigationssysteme, bei denen Radsensoren und ein Kompass ihre Informationen in gespeicherte Straßenkarten einspeisten. Doch wer konnte sich für 7000 Mark so ein Gerät leisten? Ich nicht.

Ich konnte aber wenigstens eine Straßenkarte mitnehmen. Mein Cousin hatte mir eine angeboten. Doch die war auf Deutsch und ich konnte damals noch kein Deutsch.

Ich nahm ein Blatt Papier und zeichnete mir meine Route: Bremervörde – Bremen – Hannover – Berlin – Warschau – Brest und so weiter. Als mein Cousin mich lange genug verspottet hatte, riet er mir, Warschau nur nachts zu passieren, denn am Tag würde ich mich dort nicht zurechtfinden. Es gäbe in Warschau einige Kreisverkehre ohne Beschilderung.

Da hatte er recht! In einem drehte ich fünf Ehrenrunden mitten in der Stadt und fand kein Schild Richtung Moskau. Es war drei Uhr früh. Ich steuerte an einen Taxistand und fragte einen Taxifahrer, ob er mich aus diesem Chaos herausbringen könne. Drei Minuten Zeit und 20 Mark kostete mich dieses Vergnügen. Aber das war es mir wert!

Nachts fahren war sehr anstrengend, und dann hat es auch noch geschneit. Ab und zu machte ich Halt, wusch das Gesicht mit frisch gefallenem Schnee, um mich wach zu halten, und fuhr weiter. Später ließ ich mich im Windschatten eines LKW leiten und fuhr bis zur nächsten Tankstelle. Dort machte ich die Sitzlehne herunter und schlief sofort ein.

Meine Mutter schlief nicht. Sie saß auf der Rückbank und betete leise. An wen und wofür, wollte ich sie nicht fragen. So lange ich mich erinnern kann, hat meine Mutter in allen Extremsituationen viel und leidenschaftlich gebetet. Mamas Glaube an den Allmächtigen war unerschütterlich, und sie war sicher, dass ihr Schutzengel ihr in verzweifelter Lage immer unter die Arme greift. „Wir sehen sie nicht, doch sie verlieren uns nie aus den Augen", wiederholte meine Mutter oft.

Langsam glaube ich, Ihre Schutzengel haben uns unterwegs vor Unglück und Gefahr bewahrt. Oder hatte ich einfach nur das bisschen Glück, ohne das es nicht geht im Leben?

Als wir durch die polnischen Wälder fuhren, suchte ich vergeblich nach einem Parkplatz mit einer Toilette. Ich hielt trotzdem an und ging in den Wald. Er bestand aus lauter kerzengeraden, schönen Bäumen, kein Busch und kein Strauch. So konnte ich mich den Blicken der Vorbeifahrenden kaum entziehen. Endlich fand ich einen passenden dicken Baum, der mich von der Straße abschirmte. Als ich mich auf den Rückweg machte, erschreckte ich mich. An meinem Auto standen zwei Männer, meine Mutter war nicht zu sehen, auch sonst keine Menschenseele.

Wie ein aufgescheuchtes Reh lief ich zum Auto. Wo war meine Mutter? Wer waren diese Männer? Was wollten sie? Wollten sie uns ausrauben?

Mir stockte der Atem. Meine arme Mutter, sie hatte mich gewarnt! Ich wollte weinen, schreien, aber ich war nicht in der Lage. Angstschweiß, oder waren es Tränen, behinderte meine Sicht.

Als ich nur noch etwa 50 Meter vom Auto entfernt war, sah ich endlich meine Mutter. Sie stand abseits und beobachtete die zwei Männer, die mit Bürsten und Lederlappen unser Auto wuschen. Ich lief zu meiner Mutter, umarmte sie, fast weinte ich aus Erleichterung.

„Was ist hier los?" fragte ich, als ich wieder sprechen konnte.

„Die beiden Jungs haben sich angeboten unser Auto für zwei

Mark zu waschen. Ich dachte, wir können uns das leisten."

Ich wollte laut lachen, konnte es aber nicht. Ich brauchte Zeit, um wieder ruhig atmen zu können.

Gott sei Dank! dachte ich, *Mamas Schutzengel haben über uns gewacht. Keine Räuber, sondern zwei fleißige junge Leute, die nur ein paar Mark verdienen wollen.*

Als wir uns von den Jungs verabschiedeten, sah ich das Blinken der Tankleuchte. Wie lange sie schon blinkte, hatte ich nicht bemerkt. Zwei Tankstellen auf unserer weiteren Strecke waren zu, und es war inzwischen nach 22 Uhr.

Mir wurde langsam mulmig. Nachts in einem fremden Land mit meiner alten Mutter an Bord und nur ein paar Tropfen Benzin im Tank!

Als ich die Polnisch-Ukrainische Grenze erreichte, war im Tank nur noch heiße Luft. Und wir mussten noch zwei Stunden vor der Zollstelle warten, bevor wir dran kamen.

Als ich den Kofferraum öffnete, winkte der Beamte hektisch, ich solle den Kofferraum wieder zuschließen und in eine geschlossene Box fahren.

Ich fuhr ja nicht alle Tage über diese Grenze und wusste nicht, warum er meinen Wagen besonders unter die Lupe nehmen wollte. Später erfuhr ich, dass es vielen so gegangen ist. Wir mussten zwar nicht den ganzen Kofferraum ausräumen, aber der Beamte überprüfte auch in den letzten Winkel des Kofferraums.

Die Protokollaufnahme dauerte fast eine Stunde, dann fragte er, ob wir Geld dabei hätten. Ich verneinte und erklärte, dass unser gesamtes Geld fürs Auto draufgegangen sei.

„Den Zollbetrag müsst Ihr zuhause beim Straßenverkehrsamt bezahlen. Mich interessiert, ob ihr noch Rubel habt!"

Wir hatten dummerweise erzählt, dass wir bei unseren zahlreichen Verwandten in Deutschland zu Besuch waren.

„Sie haben Euch doch bestimmt russisches Geld mitgegeben?"

Ich verneinte wieder.

Mama nickte und rieb mit einem Taschentuch ihre Nase, bis sie rot wurde. Später zeigte sie mir ein Bündel Rubel, die ihre Schwester ihr „geschenkt" hatte. Es war in ihrem Taschentuch eingewickelt, mit dem sie sich so wild ihre Nase gerieben hatte. Gut, dass der Beamte sie dabei nicht durchsuchte, sonst hätten wir wahrscheinlich noch eine Strafe zahlen müssen.

Viele Russlanddeutsche verkauften ihr Hab und Gut zuhause, bevor sie nach Deutschland aussiedelten. Das Geld, das sie nicht ausgegeben hatten, weil es Ende der 80er Jahre in Russland nichts Wertvolles zu kaufen gab, nahmen sie mit in der Hoffnung, es in Deutschland umtauschen zu können. Vor allem 50- und 100-Rubel-Scheine waren beliebt.

Später wurde uns bewusst, die 90er Jahre waren nach dem zweiten Weltkrieg die schlimmsten in Russland. Es fehlte an allem, an Lebensmitteln, Kleidung, Technik. Was wohl der Zollbeamte dachte, als er den vollgestopften Kofferraum sah? War er womöglich neidisch? Oder wütend? Oder dachte er vielleicht, dass ich Schmuggelware oder pornographische Hefte mit nach Hause bringen wollte?

„Was suchen Sie?" fragte ich ihn. "Kann ich Ihnen behilflich sein?"

Er überhörte scheinbar meine Frage. Zumindest tat er so. Als ich seinen verlangenden Blick auf die Köstlichkeiten in meinem Kofferraum sah, fragte ich ihn vorsichtig: "Möchten sie deutsches Bier probieren?"

Ich gab ihm ein Sechser-Pack Bier, eine Flasche Wodka, Schokolade und Wurst. Wodka war in Russland immer schon das begehrteste Zahlungsmittel.

Danach ging es etwas schneller. Wir bekamen unseren Einreisestempel und konnten weiterfahren. Mit ein paar Pannen kamen wir genau an Mamas Geburtstag zu Hause an. Es war ein schönes Fest mit den vielen Leckereien aus dem Schlaraffenland.

Aber die 100- und 50-Rubel-Scheine, die meine Tante ihrer Schwester zugesteckt hatte, konnten wir nicht gebrauchen. Durch die Währungsreform bald darauf, die Russlands Finanzministerium ohne Vorwarnung in der Hoffnung vollzog, die Inflation einzudämmen, wurden diese Scheine wertlos.

Vor meiner Ausreise anderthalb Jahre später verkaufte ich meinen Opel-Rekord an einen guten Bekannten. Das Geld für den Opel reichte für die Bahntickets und als Startkapital fürs nächste Auto.

GESCHICHTE EINES BILDES

Von meinen Großeltern mütterlicherseits habe ich nur ganz wenige Familienfotos. Beide sind in der Ukraine geboren und gehörten der evangelisch-lutherischen Konfession an.

Die Großmutter ist mit 42 Jahren bei der Geburt des sechsten Kindes gestorben. Meine Mutter war damals sieben Jahre alt. Der Großvater ist auch nur 64 Jahre alt geworden. Er soll ein ganz besonderer Mensch gewesen sein, ein Heilpraktiker und Musiker. Leider habe ich ihn nicht persönlich kennenlernen können, er ist lange vor meiner Geburt gestorben.

Manchmal denke ich, es wäre sehr schön, wenn ich ihn als Kind erlebt hätte. Ich hätte auf seinem Schoß sitzen und ihn an seinem Schnurrbart ziehen können, während er seine Geschichten aus der weiten Welt erzählt. Vielleicht hätte ich von ihm Unterricht in Musik und Heilkunde bekommen. Letzteres interessiert mich sehr.

Als junger Mann ist mein Großvater zum Militär gegangen. In der russischen Zarenarmee absolvierte er eine Ausbildung zum Militärmusiker und Regimentskapellmeister. Danach diente er 12 lange Jahre. Er hatte die russische Staatsangehörigkeit, und so wie viele Deutsche damals hätte er eine höhere Position in der Regierung des Zaren bekommen können. Doch er war mit Leib und Seele Musiker und wollte nie etwas anderes werden.

Er hätte auf jeden Posten verzichtet, Hauptsache er durfte seinen geliebten Kontrabass spielen. Das Militärorchester wurde zur Traumerfüllung meines Großvaters. Die Orchester der russischen Zarenarmee spielten auf Bällen, in Theatern, in den Häusern der Adligen. Die russische Hymne *Gott, schütze den Zaren!* ist heute noch der Hauptmarsch der russischen Armee. Besonders schön waren die russischen Walzer, der berühmteste darunter *Die Wellen des Amur.*

Zum Glück lag seine Militärzeit zwischen dem Krimkrieg und dem ersten Weltkrieg, sonst hätte er vielleicht noch länger beim Militär bleiben müssen. Seine Eltern ließen ihm keine Ruhe. Sie hatten schon eine Braut für ihn ausgesucht. Seine Mutter schrieb ihm lange Briefe, in denen sie ihn beschwor, endlich nach Hause zu kommen. Im letzten Brief stand unter anderem: "Wir haben die Jahre gezählt, dann Monate. Jetzt zählen wir die Tage. Wann kommst du endlich nachhause, mein Sohn?"

Also gab er auf und folgte den Bitten seiner Mutter.

Von seinem Vater bekam er ein Grundstück, um ein eigenes Haus darauf bauen zu können. Bald heiratete er auch.

Musik begleitete ihn sein ganzes Leben. Im Dorf suchte er musikalisch begabte Männer, um mit ihnen ein Orchester zu gründen. Sonntags und an Festtagen spielten sie in der Kirche. Aus dieser Zeit stammt ein Bild von meinem Großvater und seinem Orchester. Dort sitzt er in der Mitte und schaut stolz und zufrieden in die Kamera.

Keiner ahnte damals, dass diese glücklichen Tage gezählt waren.

Noch im Jahre 1924, bevor die Großmutter starb, hatte sie die Ausreise nach Amerika vorbereitet. Die war auch schon längst genehmigt. Die Familie wartete nur noch auf die Geburt. Wenn ich daran denke, wie viele Widrigkeiten und Katastrophen meiner Mutter und ihrer Familie erspart geblieben wären, wenn sie damals nach Amerika ausgewandert wären.

Schon zu Beginn des ersten Weltkrieges waren die Deutschen

in Russland wie Landesverräter behandelt worden, enteignet, aus ihren Dörfern vertrieben und nach Sibirien deportiert.

In einem Streifen von 150 km Tiefe östlich der Westgrenze und am Schwarzen Meer ist das unbewegliche Vermögen zu enteignen und die Deutschen sind aus dieser Zone auszusiedeln, hieß es damals.

Drei Jahre blieben sie in der Verbannung, danach durften sie wieder nach Hause.

Bei dieser Heimreise wurde meine Mutter 1917 geboren, irgendwo im kalten, verschneiten Sibirien. Im gleichen Jahr kamen die Bolschewiken in Russland an die Macht. Sie haben die Kirchen zum ideologischen Feind erklärt und später ganz verboten. Das Orchester meines Großvaters wurde aufgelöst. Er saß sonntags in der Wohnstube und spielte allein. Alt und traurig wirkte er, erzählte mir meine Mutter.

1936 wurde die Familie zum zweiten Mal vertrieben, dieses Mal für immer. Von Anfang an wussten sie, es würde keine Wiederkehr geben. Ihr Verbannungsort war Kasachstan. Drei Monate dauerte die Reise in offenen Wagons, Menschen und Tiere gemeinsam.

Die „neue Heimat" begrüßte sie in trostloser Landschaft, Steppe soweit der Blick reichte, kein Haus, kein Strauch, kein Baum. Und wie vormals in der Ukraine verwandelten die fleißigen Deutschen trotz des rauen Klimas ihre neu angelegten Äcker in ein fruchtbares blühendes Paradies.

Der zweite Wertkrieg hat dann noch einmal alles zerstört.

Die Deutschen waren nun Faschisten und Fritzen. Sie hatten keine Rechte mehr. Sie waren zwar ohne Schuld, doch ihr deutsches Blut machte sie mitschuldig für den Einmarsch der deutschen Truppen.

Aber wenigstens diese Widrigkeit blieb meinem Großvater erspart. Im Frühling 1937 starb er. Meine Mutter musste die ganze Härte der Kriegsjahre ertragen. Vier Jahre schwerste Zwangsarbeit in Militärfabriken und im sibirischen Wald bei eisiger Kälte und Schnee bis zur Hüfte. Ihre Freude über das Kriegsende dauerte nicht lange. Deutsche, egal ob Kriegsgefangene oder Deportierte, mussten noch zehn Jahre das zerstörte Russland wiederaufbauen.

In dieser Zeit verloren so viele Menschen nicht nur ihre Identität und ihre Familien. Meine Mutter hatte nichts mehr, was ihr hätte Halt geben können. Kein Pass, keine Familienfotos, nichts. Lange Zeit war sie nur eine Nummer. Nur ganz langsam fand sie wieder ins Leben zurück.

Ende der 1990er Jahre bekam sie Post. In einem Briefumschlag erhielt sie ein Bild ihres Vaters mit seinem Orchester. Sie weinte vor Glück. Endlich konnte sie noch einmal das Gesicht ihres Vaters sehen.

Wer schickte ihr dieses unbezahlbare Geschenk?

Ein Wink des Schicksals hatte Ihren Neffen Eduard in die Wohnung einer zufälligen Bekanntschaft in Paderborn geführt. Auf dem Kaminsims stand dieses Foto.

„Das ist doch mein Großvater! Woher hast du es?"

„Da ist auch mein Großvater!" antwortete der Bekannte und zeigte auf einen jungen Mann links von meinem Großvater. Seine Familie hatte mehr Glück gehabt. Sie konnte die Erinnerungsstücke von Vater und Großvater durch die wirren Jahre retten.

Heute steht dieses Bild in meiner Wohnung.

WALDTELEFON

Weiter vorn erwähnte ich meinen Geburtsort im fernen Osten Russlands, dort, wohin meine Eltern nach dem Krieg deportiert worden sind. Wenn ich gefragt werde, wo liegt „Fernosten", erkläre ich, dass diese Region auch „Pazifikregion Russlands" genannt wird. Dabei muss ich an die immensen Entfernungen in diesem Teil Russlands denken.

Mit mehr als 6,2 Millionen km² Fläche und einem Anteil von 36,4 % an der Gesamtfläche Russlands ist „Fernost" der größte der acht Föderationskreise. Wenn wir versuchen, diese Räume mit westeuropäischen Ländern zu vergleichen, dann sieht es so aus: Die Fläche zwischen Wladiwostok und Chabarowsk ist so groß wie achtmal Belgien und zwischen Jakutsk und Chukotka genau viermal Deutschland. In „Fernost" befindet sich der Kältepol der nördlichen Halbkugel (in der Siedlung Ojmjakon). Die niedrigste jemals gemessene Temperatur wurde auf dem Territorium des Fernen Ostens mit 71 °C unter dem Gefrierpunkt gemessen. Das kann man in Wikipedia nachlesen.

Sich in diesem harten Klima zurechtzufinden, dafür bedarf es Ausdauer und Fleiß, die meine Eltern ohne Zweifel besaßen. Meine ersten Erinnerungen stammen aus der Zeit, als wir in einem kleinen Haus wohnten, das einen knappen Kilometer vom nächsten Dorf entfernt lag. Das Häuschen stand direkt im Wald, sehr idyllisch, aber auch weit weg von der Zivilisation.

Wenn ich das jetzt schreibe, muss ich schmunzeln.

Zivilisation! Welch ein Wort in Bezug auf die 50er Jahre im weiten Osten Russlands, wo im Winter die Temperaturen bis minus 50 Grad sinken, wo das nächste Krankenhaus ca. 30 km entfernt ist, wo kein Bus fährt und nur ab und zu einmal in der

Woche ein LKW Lebensmittel bringt.

Trotz allem, es ging uns nicht schlecht, denn mittlerweile hatten wir eine Kuh, ein Schwein und ein paar Hühner im Stall. Genügend Holz wuchs vor der Tür.

1953 stirbt Stalin und es gibt Gerüche, alle Verbannten und Deportierten werden bald frei. Seine blutige Diktatur und seine Supermacht haben endlich ein Ende.

Bald nach Lenins Tod hatte Stalin alle seine im Wege stehenden Parteigenossen und vermeintlichen Rivalen beseitigt und sich zum alleinigen Herrscher gemacht. Er hatte vieles vor, vor allem wollte er die Industrialisierung und Kollektivierung des Landes vorantreiben. Es wurden Staudämme gebaut und die Ölproduktion gefördert.

Doch alles wird von Gewalt überschattet. Selbst seine engsten Parteigenossen trauten sich nicht, seine Entscheidungen zu kritisieren. Binnen Stunden wurden Kritiker erschossen oder landeten samt Familie in einem Straflager (Gulag).

Nun war dieser Mensch tot, der Mann, der über 30 Jahre die halbe Welt prägte. Der Mann, der fast 40 Millionen seiner eigenen Landsleute ermorden ließ und ca. 28 Millionen Deportierte. Zu seiner Beerdigung kamen Tausende Menschen. Viele weinten, trauerten und ließen sich in dem Gedränge fast zerquetschen, als habe er noch nicht genug auf dem Gewissen.

Nach seinem Tod kehrte politisches Tauwetter ein. Die neue Regierung verurteilt Stalins „Säuberungen" und amnestiert die Opfer, Opfer wie auch meine Eltern, die in eine gottverlassene Gegend deportiert worden waren und Jahrzehnte in Straflagern leben mussten.

Zunächst konnten die Strafgefangenen nicht fassen, was das für sie bedeutet. Eins wurde schnell klar: Sie durften nun verreisen, sie durften ihre Verwandten besuchen, und sie hatten endlich Pässe in den Händen. Was für ein Gefühl, endlich frei sein!

Mama dachte sofort an ihre Tochter Linda, die sie seit 10 Jahren nicht mehr gesehen hat. Sie möchte sie sehen, in ihre Arme schließen. Aber wie soll das gehen? Kasachstan, wo Linda lebt, ist mehrere Tausend Kilometer von uns entfernt. Woher soll Mama das Geld nehmen? Wohin mit den Kindern, wer versorgt die Tiere?

Unser Vater war nicht so zimperlich. Er nahm sich drei Monate Urlaub und wollte nach Georgien reisen. Er arbeitete schwer dafür, bis er das Geld zusammen hatte.

Er hat das Recht zu entscheiden, tröstete sich meine Mutter. Schließlich lebte dort in seiner Heimat seine 15-jährige Tochter Laila, die er noch nicht gesehen hatte. Seine Frau war hochschwanger gewesen, als er 1939 von zu Hause wegmusste. Als Student war er in Friedenszeiten vom Militärdienst befreit. Dann fing der Russisch-Finnische Krieg an, zwei Jahre später der zweite Weltkrieg, und es hieß, weiterkämpfen für Stalin, fürs Vaterland. Seine Frau war sehr hübsch, stammte aus einer wohlhabenden Familie. Dass sie sich mit meinem Vater eingelassen hatte und schwanger wurde, war für ihre Eltern ein Schock. Mein Vater war Vollweise, als Medizinstudent hatte er nichts weiter, als ein kleines unansehnliches Häuschen. Mit schwerem Herzen willigten die Eltern der Braut damals in die Hochzeit ein.

Aber das junge Glück währte nur bis zur Einberufung meines Vaters in den russisch-finnischen Krieg 1939. Warten war wohl nicht die Stärke seiner jungen Frau. Während mein Vater an die nächste Front kommandiert worden war und in deutsche Gefangenschaft geriet, hat sich ein Deserteur in seinem Heimatdorf versteckt. Die Frau meines Vaters kümmerte sich um ihn, versorgte ihn mit Lebensmitteln und warmer Kleidung. Ein Jahr später brachte sie einen Jungen zur Welt. Der Deserteur wurde leider verraten und standrechtlich erschossen. Als mein Vater nach dem Krieg alles erfuhr, war er sehr enttäuscht und mied den Kontakt zu seiner Frau.

Doch 15 Jahre später fuhr er dorthin um seine Tochter zu sehen. Vielleicht auch sie? Alte Liebe rostet nicht, sagt der Volksmund. Bei all dem Wissen keimte in meiner Mutter doch Eifersucht auf und ließ sie so manche Nacht nicht schlafen.

Es war mittlerweile Anfang Dezember, der Schnee lag schon meterhoch. Im Haus war es aber warm und Essen hatten wir auch genug. Doch allein mit Kindern im Wald fürchtete sich Mama ein bisschen. Und nicht grundlos.

Eines Nachts wird sie von Klopfen in der Tür geweckt. Es ist Mitternacht.

Wer kann das sein?

Ist mein Mann wieder da?

Will er uns überraschen?

Dann fiel ihr ein, alle Wege waren zugeschneit und nicht passierbar. Kein Auto und kein Pferd kam da durch. Mama stand auf, legte ein Wolltuch auf die Schultern und ging zur Tür.

„Wer ist da?" fragte sie mit belegter Stimme.

Keine Antwort.

Sie hörte den Schnee knirschen.

Er, wer auch immer das sein mag, hat sich geirrt und jetzt geht er weg, dachte Mama. Als sie schon ins Bett gehen wollte, klopfte er laut an der Fensterscheibe. Es brennt kein Licht drinnen, und die Scheiben waren zugefroren. Es war nichts zu erkennen.

Panik überkam sie. *Warum antwortet der späte Besucher nicht auf ihre Frage?* Es dauerte noch fast eine Stunde, bis die Schritte sich endlich entfernten. An Schlaf war nun nicht mehr zu denken. Morgens öffnete Mama vorsichtig die Tür. Nachts war kein weiterer Schnee gefallen und sie konnte die Fußabdrücke deutlich sehen, überall, vor der Tür und vor jedem Fenster. Sie zog uns an, und wir liefen schnell ins Dorf.

Unsere Freunde waren erstaunt, uns so früh zu sehen. Doch die Geschichte ließ sie erschaudern. Das macht doch kein Bekannter oder Freund!

Wir blieben den ganzen Tag bei unseren Freunden.

Als der Herr des Hauses abends nach Hause kam, brachte er schlechte Nachrichten: Aus dem nahe liegenden Lager war ein verurteilter Mörder ausgebrochen, und bisher fehlte jede Spur von ihm.

Uns wurde angst und bange, und wir blieben über Nacht dort. Doch irgendwann musste Mama nach Hause, die Tiere versorgen und schauen, ob alles in Ordnung ist. Sie ließ uns in der Obhut der Freundin und versprach, abends wieder da zu sein. Am Nachmittag, als sie noch etwas im Hause zu erledigen hatte, tauchte plötzlich ein Freund auf und zeigte ihr einen großen schwarzen Teller und lange Kabel. Er befestigte den Teller an einer Ecke des Zimmers und wickelte die dünnen Kabel um ihn herum. Dann leitete er Kabel nach draußen an den Strompfosten. Die Leitung verlegte er bis zu seiner Wohnung! Als er zurückkam, erklärte er Mama, was sie damit anfangen könne.

Es war ein Waldtelefon!

Von zu Hause rief er Mama an. Nein, es klingelte nicht wie aus einem Telefonapparat, so wie es heute üblich ist. Aber sie konnte ihn hören! Und sie konnte ihm antworten! Damals gab es nur ganz selten Funkempfänger zu kaufen. Funkamateure bastelten selbst aus improvisierten Materialien solche Empfänger. Sie waren zu Recht sehr stolz auf ihre Apparate.

Für Mama bedeutete damals ein Telefon ein Fenster zur Welt. Immer hin konnte sie ab jetzt rund um die Uhr Kontakt mit ihren Freunden im Dorf haben. Zuversichtlich holte sie uns Kinder nach Hause, wo wir auch über Nacht blieben. Jede Stunde höretn wir Stimmen aus dem schwarzen Teller:

"Alma! Ist alles in Ordnung bei Dir?"

„Ja, ja!", schreit Mama ins schwarze Loch.

Spät in der Nacht wurden wir von der Stimme des Nachbarn geweckt: "Alma, kannst du mich hören? Der Verbrecher ist von der Polizei gefasst worden. Jetzt braucht ihr euch nicht mehr fürchten!"

„Danke!" rief Mama erleichtert.

Wir kuschelten uns im großen elterlichen Bett alle aneinander und schliefen ein.

Ein bisschen sauer auf Papa war Mama schon. Fremde Menschen mussten uns vor einem Verbrecher beschützen, während es sich im warmen Süden gemütlich machte!

PAPAS MEDAILLE

Mein Vater wollte Arzt werden. Nach dem Hauptschulab-schluss machte er eine dreijährige medizinische Ausbildung und ging weiter nach Tiflis zur Universität. Danach wollte er in sein Dorf zurückkehren und eine Landarzt-Praxis eröffnen.

Doch sein Lebensweg verlief ganz anders. Der Finnland-Krieg kam dazwischen. Als Hitler im September 1939 in Polen ein-marschierte, verstärkte die Sowjetunion die Sicherheit an ihrer Grenze und blockierte den Zugang zum Golf von Finnland. Denn nicht nur der Westen, sondern auch Russland befürchte-te, dass Hitler nach der Tschechoslowakei und Polen weitere kleine Staaten besetzen würde. Hitler brauchte die Ressourcen dieser Länder, um der Herrscher der Welt zu werden. Deswe-gen war es naiv zu glauben, dass das an die Sowjetunion gren-zende Finnland ein anderes Schicksal erwartete. Ob Stalin Finnland zurückgewinnen wollte, um es ins eigene Imperium einzugliedern, bleibt eine Vermutung. Jedenfalls gehörte Finn-land bis 1917 zum zaristischen Russland.

Knapp fünf Monate dauerte der russisch-finnische Krieg, bis es der Roten Armee gelang, die finnischen Verteidigungslinien zu durchbrechen. Finnland konnte seine politische Souveräni-tät bewahren, musste aber größere Gebiete abtreten.

Mein Vater wurde bereits 1939 aus seinem Studium heraus-gerissen und beendete seinen Einsatz als Militärarzt erst mit dem Ende des zweiten Weltkrieges. 1943 landete mein Vater in deutscher Gefangenschaft. Als er sich 1945 über das Kriegs-ende und seine Rückkehr nach Hause freute, erwies sich seine Zuversicht als ein Irrtum.

Die Kriegsgefangenen gerieten unter die Räder zweier Ideologien, und ihr Leiden wurde mit dem Kriegsende nicht beendet. Stalin war fest davon überzeugt, dass „es in der Roten Armee keine Kriegsgefangenen, sondern nur Verräter der Heimat" gebe. Die Mitarbeiter des Staatssicherheitsdienstes suchten unter den Kriegsgefangenen Kriegsverbrecher, Spione und Saboteure. Bis auf weiteres mussten sie in Sibirien Gold, Uran oder Kohle fördern. Papas Traum vom Arztberuf platzte in den Gruben. Es blieb ihm nichts anderes übrig, als sein Brot in Stalins Knechtschaft zu verdienen.

Von Natur aus fleißig und ehrlich, fiel er in der übrigen Männerschar auf. So wurde er zum Gruppenführer gewählt. Aber der Verdacht, ein Verräter zu sein, belastete ihn sehr. Viele Jahre nach dem Krieg wurde er – wie seine Kameraden auch – darüber vernommen, wie es zur Gefangenschaft gekommen ist, und wie es dort gewesen sei.

Tatsächlich gab es im Krieg viele Verräter, so wie General Wlasow, der als Kriegsgefangener mit Hilfe deutscher Offiziere eine Befreiungsarmee gründete.

Er war der Oberbefehlshaber der russischen Nordwestfront. Seine Armee war von den deutschen Truppen 1942 eingekesselt worden. Als er mit einer Handvoll seiner Leute lange genug in den Sümpfen und Wäldern herumgeirrt war, erkannte er, so sagte er später zu seiner Rechtfertigung, in der Einsamkeit der Wälder, dass das Stalin-Regime für Russland nur Unglück bedeute. Er wolle mit seinen russischen Soldaten (Verräter, wie er selbst) den Deutschen helfen, Stalins Regime zu stürzen. Viele russische Gefangene folgten ihm. Manche des Hungers nach Freiheit wegen und wegen Not und Folter in Konzentrationslagern, andere aus Überzeugung.

Nach der Kapitulation des Deutschen Reichs wollte Wlasow

mit seiner Befreiungsarmee zu den Amerikanern überlaufen, doch die lehnten ihn ab. Wlassow und etwa die Hälfte seiner Armee geriet in sowjetische Gefangenschaft und wurde am 2. August 1946 zum Tode durch den Strang verurteilt. Seine verbündeten Soldaten wurden nach Sibirien geschickt, so wie mein Vater auch.

Es dauerte noch viele Jahre, bis festgestellt worden war, wer tatsächlich ein Verräter war. Sobald diese entdeckt wurden, verschwanden sie auf Nimmerwiedersehen.

Mein Vater wurde sehr oft abgeholt und befragt, doch jedes Mal endete unser Schrecken mit einem Wiedersehen.

Nur eines Tages, es muss 1953 gewesen sein, dauerte unser Bangen fast eine Woche. Er wurde mit einem schwarzen Wagen direkt von der Arbeit abgeholt und mehrere Tage vernommen. Mama wartet mit Angst und Schrecken auf ihn. Nicht dass sie ihm den Verrat zugetraut hätte. Sie wusste aus den Erzählungen, wie Papa in deutsche Gefangenschaft geraten war. Das hatte er ihr glaubhaft erzählt. Als sie ihn im Herbst 1945 kennenlernte, hatte er ein tiefes Loch in seinem Rücken. Da passte fast ihre Faust hinein.

Er hatte als Sanitäter im Krieg gedient und all die Kriegsjahre über kein Gewehr in seiner Hand gehalten. Die Schlacht bei Charkow 1943 war die zweitgrößte Schlacht im zweiten Weltkrieg. Ein großer Teil der russischen Truppen wurde dort eingekesselt. Die **Rote Armee** verlor damals 85.000 Soldaten. Nur ein halbes Jahr später, bei ihrer Gegenoffensive im August 1943, konnte die Rote Armee Charkow erneut einnehmen – diesmal endgültig.

„Für mich war es bereits zu spät", erzählte mein Vater uns ein einziges Mal. Danach sprach er vom Krieg nur widerwillig.

„Als unsere Truppe im März 1943 von den Deutschen zum Wasser getrieben wurde, ihr Ziel galt der Gewinnung des Donez-Ufers, da gab´s für uns nur eine Fluchtmöglichkeit – durchs Wasser. Das Wetter war trübe, nass und kalt. Zeitweise herrschte Schneetreiben und nächtlicher Frost. Unser Kommandant war bei der Schlacht verwundet worden, er konnte kaum auf den Beinen stehen. Mit letzter Kraft und müder Stimme verkündigte er:

"Rette sich jeder selbst, ich kann nichts mehr für euch tun!"
Der einzige Rückweg war der durch den Fluss, eiskalt mit starker Strömung von der ersten Schneeschmelze. Unser Selbsterhaltungstrieb zwang uns in den Fluss. Als wir es schon fast bis in die Mitte des Flusses geschafft hatten, traf eine Kugel meinen Kameraden in die Schulter. Ich hörte erst lautes Ächzen und dann nur noch leises Stöhnen. Bevor er in der Strömung unterging, konnte ich ihn im letzten Moment noch greifen. Ich hatte nicht damit gerechnet, dass er mit seiner Uniform so schwer war.

Einen Moment sind wir beide untergegangen. Und es war allein der unbändige Selbsterhaltungstrieb – gepaart mit Todesangst – der half, mich aufzuraffen und kräftig nach oben zu rudern. Aber die nasse Uniform, die letzte Munition und ein bewusstloser Kamerad erschwerten meine Bemühungen Doch ich gab nicht auf, setzte den erbitterten Kampf ums Überleben fort. Ich packte meinen Freund fester am Arm, dabei erwischte ich die verwundete Stelle. Wahrscheinlich kam er dadurch zu sich und begann zu schwimmen, aber nur ganz kurz. Schließlich versuchte er, sich mir zu entziehen und flüsterte mit heiserer Stimme: „Lass mich los, ich kann nicht mehr."

Viel Kraft hatte auch ich nicht mehr. Aber einen Kameraden

sterben lassen, das wollte ich nicht. Ich packte ihn noch fester und ließ uns von der Strömung mitreißen. Wir waren eine gute Zielscheibe für die herangerückten deutschen Truppen. Das Maschinengewehrfeuer verstärkte sich. Ich fühlte einen kurzen Schmerz im Rücken, dann verlor ich das Bewusstsein.

Als ich wieder zu mir kam, war mein Freund nicht mehr zu sehen. Er hat es nicht geschafft, und ich machte mir Vorwürfe, weil ich ihn nicht hatte retten können. Ich schloss wieder meine Augen und überließ mich meinem Schmerz und der Strömung".

Dieser tapfere Soldat, der vier Jahre Krieg und zweieinhalb Jahre Gefangenschaft hinter sich hatte, weinte wie ein kleines Kind. Stumm saßen wir um ihn herum und wussten ihn nicht zu trösten. So ließen wir ihn einfach weinen. Wie befreiend Tränen sein können, das wusste ich aus eigener Erfahrung.

„Und weiter? Wie bist du in Gefangenschaft geraten?" versuchte ich ihn nach einigen Minuten weiter ausfragen.

„Irgendwo, ein paar Kilometer weiter, wurde ich von den Deutschen aufgefischt und ins Lazarett gebracht. Die deutschen Sanitäter kümmerten sich erst um die eigenen Verwundeten, dann um die Feinde. Meine Wunde wurde behandelt und heilte. Bald wurde ich aus dem Lazarett entlassen und durfte wie Tausende andere Gefangenen nach Westen marschieren."

Danach wollte mein Vater nie wieder darüber reden. Wenn wir ihm dennoch keine Ruhe ließen, erzählte er uns irgendwelche lustigen Geschichten aus dem Krieg. Manche waren tatsächlich wahr. Eine mit dem Nachttopf zum Beispiel: „Während des Marschs nach Deutschland wurden die Gefangenen aus der Feldküche der deutschen Kompanie mit ernährt.

Manchmal gab es Tage, an denen schaffte es die Küche nicht bis zu uns, und wir mussten 24 Stunden lang ohne Verpflegung marschieren. Wenn es dann wieder Essen gab, stürzten wir alle zum Kessel und ließen unseren Henkelmann füllen. Der Henkelmann (Kotelok) war unser Essensträger, der jedem Soldaten als Feldausrüstung diente. Einmal hatte ich ihn in der Eile verloren. Panik erfasste mich bei dem Gedanken, dass ich den weiteren Marsch nicht ohne Essen schaffen würde. Hektisch suchte ich nach einer Lösung. Wir befanden uns in einem verlassenen Krankenhaus.

Und weil ich schon vorher die Gebäude erkundet hatte, wusste ich, wo sich das Inventar befindet. Ich suchte schnell nach etwas Passendem, fand aber nur einen Nachttopf, der noch heile war. Schnell lief ich zur Feldküche und ließ mir die Suppe geben. Der Koch hat sich nicht einmal anmerken lassen, etwas Ungewöhnliches zu sehen. Es hätte mich in diesem Moment auch nichts abhalten können. Ich musste essen, um zu überleben. Nur das zählte."

Wir fanden diese Geschichte sehr witzig. Ich war sogar überzeugt, dass Papa scherzte und schrie voller Empörung:

"Hast du den Topf vorher ausgespült?"

"Dafür fehlte mir die Zeit, es musste schnell gehen."

Wir haben sehr gelacht, die Tragik der Geschichte verstanden wir Kinder nicht. Nur Mama hatte Tränen in den Augen. Aber wir sollten denken, vor Lachen.

Beim letzten Mal wurde mein Vater 1953 mit einem schwarzen Wagen abgeholt. Mama versuchte, sich mit Arbeit abzulenken. Nachts konnte sie nicht schlafen und betete. Meine ältere Schwester stand stundenlang am Tor und wartete auf ihren Papa. Was sie sich mit ihren 6 Jahren zusammengereimt hat, weiß ich nicht. Als sie ihn endlich von weitem sah, schrie sie laut: "Papa ist da! Mein Papa ist da!"

Sie lief ihm entgegen, er fing sie auf und wirbelte sie durch die Luft. Gott sei Dank! Er war nicht verhaftet worden.

Er nahm aus der Tasche eine in Zeitungspapier eingewickelte Schachtel und öffnete sie. Darin lag eine Medaille, Medaille mit der Schrift: "Für den Sieg über Deutschland im Großen Vaterländischen Krieg 1941 – 1945".

Er strahlte und drückte Mama die Medaille in die Hand. Ihr kamen die Tränen. Endlich war er rehabilitiert! Nun waren auch die Mächtigen überzeugt: Er hat nichts Schlimmes getan! Endlich kann er in Ruhe und Frieden leben. Ohne Schuld zu zehn Jahren Arbeitslager in Sibirien verurteilt und jetzt rehabilitiert.

Mamas Tränen waren keine Freudentränen: Sie war wütend. Zehn Jahre waren ihm und allen anderen Heimkehrern einfach geraubt worden, und als Wiedergutmachung sollten sie diese Medaille am Kragen ihres Jacketts tragen?

Aber mein Vater hat die Medaille zu jedem Anlass getragen. Hat sie mit weichem Tuch poliert, bis sie glänzte, bevor er sie wieder in die Schachtel verpackt in die Kommode legte.

Mama weigerte sich, sie anzufassen.

...UND ANDERE DELIKATESSEN...

Alkoholische Getränke sind in unserer Gesellschaft so fest verankert, dass man sich manchmal sogar rechtfertigen muss, wenn man nichts trinkt. So ist es in Deutschland. In meiner alten Heimat Russland wird auch getrunken. In Gesellschaft, auf Partys und Hochzeiten, mal Sekt, mal Wein, meist aber Wodka. Und zwar jede Menge.

Wodka ist im Russischen weiblich und eine Koseform von Wasser: Wässerchen.

Bereits im 10. Jahrhundert kam Wodka nach Russland. Davor versüßten die Russen ihr Leben mit einem Getränk, das aus Honig und Beeren gemacht wurde. Das bekannteste Getränk ist Kwass (Brottrunk), das heute noch zu den beliebtesten Durstlöschern in Russland gehört. Dafür wird ein aus Getreide gebrauter saurer Trank hergestellt.

Im alten Russland wurde immer wieder weiter experimentiert, und irgendwann sind durch Zugabe von verschiedenen Gewürzen, Früchten und Beeren hochwertige Wodkas entstanden. Seit Mitte des 16. Jahrhunderts exportierte Russland Wodka sogar nach Schweden. Der erste Wodka wurde aus Roggen hergestellt, später aus Weizen. Aus Kartoffeln machte man Wodka nur, wenn es kein Getreide gab, so wie nach dem zweiten Weltkrieg. Solch ein Wodka gilt allerdings als minderwertig.

Die erste Schenke oder Kneipe, auf Russisch Kabak, ließ Zar Iwan der Schreckliche im Jahr 1533 in Moskau bauen.

Nach dem Zweiten Weltkrieg gab es in Russlands Fernem Osten keine Schenken. Vielleicht wurde deshalb in fast jedem Haushalt Wodka aus Kartoffeln hergestellt. So wurde Wodka zur Droge.

Mein Vater konnte keinen Schnaps brennen. Er war aber sehr gesellig und nutzte jede Gelegenheit für eine kleine Feier. Sehr oft fanden die Feste bei uns statt. Doch zum Trinken gehört Essen. Ein Dutzend kräftiger junger Männer hatte auch ordentlichen Appetit, besonders wenn sie einige Gläser Schnaps getrunken hatten. Auf Dauer war es keine Lösung, solche Gäste bei uns zu bewirten, zumal die Familie nach diesen Gelagen tagelang den Gurt enger schnallen musste.

Mein Vater war ein großer Improvisator und Organisator in Sachen Veranstaltungen. Zu Silvester 1947, so erzählte mir später meine Mutter, engagierte mein Vater einen alten, etwas seltsamen Chinesen, der allein im Wald wohnte. Er hatte sagen hören, dass die Chinesen gute Köche seien. Tatsächlich, der alte Mann züchtete im Garten bereits die ersten Radieschen und Gurken, als noch Schnee lag und keine Hausfrau sich das traute.

Eines Tages ging mein Vater zu diesem Chinesen und blieb lange dort. Was er mit dem alten Mann vereinbarte, erfuhr meine Mutter am 1. Januar. Eine Gruppe trinkfreudiger Männer, die Silvester artig zu Hause mit der Familie verbracht hatten, begleitete ihn zur Waldhütte. Aus der Nähe schnupperten sie schon die Düfte, die ihnen das Wasser im Munde zusammenlaufen ließen. Wodka hatten sie genügend mitgebracht, und Essen hatte der Chinese auch reichlich gekocht.

Das Gericht kam in einer großen Schüssel auf den Tisch und sah sehr appetitlich aus. Es war ein chinesisches Teiggericht, das der Maultasche und der russischen Pelmeni ähnelt. Die Füllung besteht in der Regel aus Hackfleisch mit fein gehacktem Knoblauch und reichlich Paprika. So eine Delikatesse bekamen die Männer nicht jeden Tag. Schließlich war es gerade mal zwei Jahre nach dem Krieg, und die knappen Lebensmittel wurden auf Karten zugeteilt.

Mein Vater reibt sich die Hände vor Vergnügen über sein gelungenes Festessen und bedient sich reichlich an den würzigen, auf der Zunge zergehenden scharfen Maultaschen. Danach wird gesungen und wieder getrunken. (Mein Vater konnte zwar nicht singen, tat es aber leidenschaftlich gern.)

Der Chinese kocht noch weitere Portionen Maultaschen, wischt sich mit einem schmutzigen Lappen den Schweiß vom Gesicht und lächelt. Ab und zu sagt er etwas, doch die Männer sind vertieft ins Essen und schon angetrunken, sie hören ihn gar nicht. Oder vielleicht verstehen sie ihn nicht. Er spricht nur wenig Russisch.

Der schöne Tag geht zu Ende, die Sonne nähert sich dem Horizont, und es wird Zeit nach Hause zu gehen. Meinen Vater drängt es nach draußen, um sich zu erleichtern, er biegt um die Ecke der Hütte und bleibt abrupt stehen. An der Wand hängt in seiner Höhe ein Hundekadaver. Der Bauch ist aufgeschlitzt, unten im Schnee liegen Därme und Innereien. Die Augen des Hundes schauen direkt in Vaters Augen. Er liest darin Hass und Vorwurf. Ihm scheint, als kenne er diesen Hund. *Ja, das ist doch Pirat!* Der wird seit gestern von seinem Herrchen vermisst.

Mein Vater merkt, wie sich in seinem Magen das Unterste nach oben dreht und schafft gerade noch rechtzeitig ein paar Schritte in den Wald. Dort übergibt er sich. Nicht nur mit dem, was er gerade gegessen hat, auch das, was er noch von gestern im Magen hatte, flutschte aus ihm heraus. Er wischt sich den Mund mit frischem Schnee aus, atmet kräftig ein und geht wieder hinein.

Das war sein erster und letzter Besuch in der Waldhütte beim alten Chinesen. Seine Kumpel verstanden nicht, warum er sich jedes Mal vor solchen Festen verdrückte. Auch nach vielen Jahren ging er nie chinesisch essen.

Diese Geschichte ging mir durch den Kopf, als mir im Internet diese Anzeige ins Auge stach:

> Elend (Harz):
> In Elend eröffnete gestern die erste
> Hundeschlachterei Deutschlands.

Ups, dachte ich, in einem Ort, der so heißt, wäre es ja kein Wunder, dass dort so was Elendiges passiert.

MAMAS GARTEN

Das Leben beginnt mit dem Tag, an dem man einen Garten anlegt, lautet eine Weisheit aus China.

Meine Mutter hat in ihrem langen Leben viele Gärten angelegt. Das Schicksal hat sie sehr oft von einem Ort zum anderen getrieben. Überall hat sie als erstes den Garten geplant. Terrasse, Wege, Blumenbeete, Gemüsegarten. Im Haus hatten die Möbel noch nicht ganz ihren Platz eingenommen, aber sie krempelte schon die Ärmel hoch und holte einen Spaten.

Nichts war ihr lieber als hinknien, Erde mit den Händen kneten, sie zerbröseln und die Pflanze in einer Mulde leicht andrücken. Nur widerwillig ging Mama aus dem Garten ins Haus zum Kochen, Waschen, Putzen. Ihre Augen waren immer Richtung Garten gerichtet. Im Sommer war sie den ganzen Tag draußen, Wäsche waschen und unser Mittagsessen in einer Sommerküche kochen. Oft beobachte ich sie, wie sie eine Handvoll Erde zwischen ihren Fingern rieb und vor ihre Nase hielt. Ich machte es ihr nach, schloss dabei auch die Augen und roch daran. Aber ich war enttäuscht – es roch muffig, faulig modrig, erdig eben.

Für Mama war es der schönste Duft. Sie konnte an dem Geruch erkennen, ob es Zeit zum Pflanzen ist. Hervorragende Erde duftet nämlich nach Waldboden und zerfällt in lockere, aber stabile Krümel. Zärtlich sortierte sie Samen und Blumenknollen.

Sie bestellte ihren Garten allein ohne fremde Hilfe. Wenn sie uns Kinder in ihre „Zauberwelt Garten" einbeziehen wollte, folgten wir nur widerwillig und erledigten die Aufgaben schnell, um bloß nichts anderes zu verpassen.

Und dabei verpassten wir sehr viel Interessantes.

Mama aber nicht. Sie beobachtete die Natur und die Tiere. Nach der kalten Winterzeit werden die Tiere endlich aktiv und trauen sich ans Tageslicht. Marienkäfer werden wach. Den Winter haben die gepunkteten, kugeligen Käfer unter Baumrinden oder in Ritzen verbracht. Die Störche sind typische Frühjahrsboten. Die Wintermonate verbringen sie in Afrika und kommen zum Brüten zurück. Für Eichhörnchen beginnt bereits Ende Februar die Paarungszeit. Kröten wandern zum Laichen zu den Teichen.

In dieser Zeit wartete Mama auf ihre Dauergäste, ein Schwalbenpaar, das ein paar Jahre vorher ein Nest unter unserem Dach gebaut hatte. Darunter gab es viel Dreck, denn die Vögel halten ihr Nest äußerst sauber und schmeißen ihren Mist auf das Fensterbrett. Mama ließ es geschehen und putzte geduldig die Fenster. Sie war überzeugt, die Schwalben unterm Dach bringen Glück, und sie schützen die Häuser vor Blitz und Feuer. Oft saß sie auf der Terrasse und lauschte, weil es unterm Dach zwitscherte und tirilierte.

Sie verpasste es nie, wenn die Eier gelegt wurden und die Rauchschwalben schlüpften.

Gerade flügge gewordene Küken sitzen schnell auf dem Dach unseres Hauses – oder auf den hohen Bäumen ringsum – und warten auf Futter. Man hört die aufgeregten Laute der Küken und ihrer Eltern den ganzen Tag über. Dann können die Küken noch nicht selbst jagen, sondern sitzen in Scharen auf dem Dach und betteln die Elternvögel an, der mit einem Insekt im Schnabel herankommen. Mit der Zeit testen die Kleinen ihre Kräfte, schwirren über dem Haus herum und stellen ihre Flugkunst unter Beweis und Mama beobachtet, wie sie in einer großen Gruppe am Himmel tanzen.

Aber auch in der Tierwelt ist Freud und Leid ganz dicht beisammen. Eines Frühlings kamen unsere dauerhaften Gäste etwas zu spät aus südlichen Gefilden zurück. Das Nest war schon von einem anderen Vogelpaar besetzt.

Die Männchen klärten die Besitzverhältnisse in einem Kampf, in dem es nicht besonders zimperlich zuging. Mit klappernden und zustechenden Schnäbeln kämpften sie um das Nest. Denn der Eindringling wollte das eroberte Quartier nicht verlassen. Er versteckte sich mit seiner Partnerin im Nest, und dann blieb es still. Aber die Bauherren wollten ihr Heim offenbar nicht aufgeben. Sie saßen eine Weile im Baum in der Nähe und zwitscherten aufgeregt.

Was dann geschah, verblüffte Mama, denn plötzlich wurde das Schwalbenpaar aktiv. Es fing an, feuchte Erdklumpen zu sammeln und mauerte das Nest zu. Sie waren so fleißig und so schnell, dass das Nest in einer halben Stunde dicht verschlossen war. Das Schwalbenpaar wartete noch eine Weile, dann flog es weg.

Mama stand auf der Terrasse und zerbrach sich den Kopf, was das bedeuten sollte. Aber sie ließ es auch geschehen. Tiere haben ihre eigenen Regeln, man darf sie dabei nicht stören. Mama dachte, das eingemauerte Pärchen würde sich irgendwie befreien können und beobachtete das Nest von Zeit zu Zeit. Eine Woche lang passierte nichts. Dann kamen die Schwalben wieder, nahmen Platz in der Nähe des Nestes und lauschten. Nach kurzer Zeit flogen sie wieder weg. Als sie eine weitere Woche später wiederkamen, fingen sie an, das Nest auszuräumen. Es flogen zwei tote Vögel herunter, sechs kaputte Eier und viel Dreck. Dann reparierte unser Pärchen sein Nest und endlich kehrte Ruhe unter unserem Dach ein.

Mama fegte den Dreck zusammen und prüfte, ob die Vögel tatsächlich tot waren. Sie legte sie in eine kleine Schachtel und begrub sie im Garten. Irgendwann erzählte sie uns diese Geschichte. Und ich habe sie für Sie hier aufgeschrieben.

MICHA

Papas Freund Micha hatte eine Leidenschaft, der er absolut nicht widerstehen konnte, eine Leidenschaft, die seine sündige Seele und seinen Körper zum Glühen brachte – Frauen! Oh, diese Frauen! Und es war völlig gleichgültig, um wen es sich handelte – ob schön oder hässlich – Hauptsache, es war eine weibliche Person. In solchen Phasen verlor er seinen Verstand, wenn auch nur für eine kurze Zeit, aber dafür total. Er beschenkte sie mit Blumen, Pralinen und schönen Sachen, die es Anfang der 50er Jahre in Sibirien in einer kleinen Stadt zu ergattert gab.

Nach seiner dreijährigen Gefangenschaft in Deutschland kehrte er, wie fast alle anderen der zwei Millionen Kriegsgefangenen, in die Sowjetunion zurück. Doch die Freude auf das Wiedersehen mit den Lieben in der Heimat währte nur bis zur russischen Grenze. Stalin bestrafte die Überlebenden als "Verräter" und "Feiglinge" die das Verbrechen begangen hätten, nicht den Heldentod zu sterben. Sie wurden zu zehn Jahren Haft, Lager oder Zwangsarbeit in den Uranminen verurteilt.

Doch Micha war ein unverbesserlicher Optimist, der überall auch kleinste Chancen zu nutzen wusste. In Sibirien gelang es ihm, eine Arbeitsstelle in einem Lebensmittellager zu bekommen. Wen und womit er die Obrigkeit geschmiert hatte, blieb sein Geheimnis.

Seine Aufgabe bestand darin, die Schulen, Krankenhäuser und Werkskantinen mit Lebensmitteln zu beliefern. Gelegentlich ließ er die eine oder andere Delikatesse in die eigene Tasche verschwinden. Seine eleganten Schuhe, Mäntel und Hüte tauschte er auf dem Schwarzmarkt gegen entwendeten teuren

Kognak oder Wein. Wenn er abends chic angezogen das letzte Mal in den Spiegel schaute und feurige Blicke und Texte übte, waren seine Freunde für einen Moment sogar ein bisschen neidisch. Mit vollen Taschen und einem Standartspruch verabschiedete er sich: „Wartet nicht auf mich!"

Doch kaum hatte er seine Angebetete erobert, war seine Leidenschaft auch schon abgekühlt, und schon fieberte er wie ein Getriebener zum nächsten Rock, ohne Unterbrechung.

In unserer kleinen Stadt hatte die Anzahl der gehörnten Männer durch Micha stark zugenommen. Viele verstanden nicht, warum Micha überhaupt noch lebte. Warum hatte noch keiner der gehörnten Ehemänner seinen Nebenbuhler umgebracht? Was hinderte sie daran, einen glühenden Liebhaber zu bestrafen?

Es ging so weiter, bis eines Tages in seinem Lager eine Inventur durchgeführt wurde. Micha landete für ein Jahr im Knast. Mit dieser milden Strafe hatte er noch Glück! Zu Kriegszeiten wäre er vor ein Kriegstribunal gestellt und erschossen worden.

Im Knast musste sich Micha von seinen Gewohnheiten verabschieden, es gab keine Zervelatwurst, keine teuren Zigarren und keinen Kognak. mehr für ihn. Zwei Mal am Tag gab es in der Haft nur Haferbrei. Aber Michas Magen war von seinem ungesunden Herumtreiben, Rauchen und Trinken sowieso in schlechtem Zustand. Seine Gastritis ließ ihn manche Nacht nicht schlafen.

Um zu überleben, musste Micha, wenn auch mit Ekel, seinen Brei essen, was dann auch seiner Gastritis zur Heilung verhalf.

Seinen Humor verlor er auch im Knast nicht. Er erzählte seinen Zellennachbarn seine Abenteuer, natürlich stark übertrieben, und genoss die Bewunderung seiner Unglücksfreunde.

Leider schätzen dort nicht alle seinen Humor. Einer seiner Witze kostete ihn sogar ein weiteres Jahr im Knast.

Micha bekam ab und zu von seinen Freunden Lebensmittelpakete, was ihm eine nette Abwechselung auf dem Teller bescherte. Einmal enthielt eine Zeitung, die als Verpackungsmaterial diente, das Bild von Josef Stalin. Micha schnitt das Bild fein säuberlich aus und klebte es mit Spucke an die Wand. Als der Gefängniswärter durch den Spion das Bild an der Wand sah, riss er die Tür auf. Vorsichtig entfernte er das Bild von der Wand und fragte mit drohender Stimme: „Wer hat das Bild an die Wand geklebt?"

Micha antwortete seelenruhig: „Er kann uns doch hier etwas Gesellschaft leisten." Zehn Tage kalte Karzer (Einzelhaft) und ein Jahr Haftverlängerung kostete ihn dieser Witz.

Micha blieb unverheiratet. Nicht mal eine feste Freundin hatte er. Seine Sehnsucht nach Familie erfüllte er sich beim Herumtoben mit Kindern seiner Freunde. Wir durften an seinem Schnurrbart ziehen, auf seinem Rücken reiten und seinen lustigen Geschichten lauschen.

Eines Tages im Winter blieb Micha verschollen. Erst im Frühling fanden die Waldarbeiter seine erfrorene Leiche.

Wer ihm das angetan hatte, der Alkohol oder einer der gehörnten Ehemänner, blieb ungewiss.

FINDELKIND

Unser Papa war Frühaufsteher. Kurz nach sieben saß er schon auf der Terrasse, trank seinen Kaffee und rauchte eine Zigarette. Sein Lieblingsspruch lautete: "Der frühe Vogel fängt den Wurm". Eigentlich wollte er uns mit dem Spruch animieren, früher aufzustehen und die Morgenstunden zu genießen. Aber früh aufzustehen war wirklich keine schöne Sache für mich, und ich mochte diesen Spruch nicht.

So genoss Papa die morgendlichen Stunden für sich allein. In dieser Zeit war es noch still in unserer Siedlung, nur die Vögel übten sich in ihrem Gesang. Gleich in der Morgendämmerung begann der Tag mit einem Konzert in einer faszinierenden Stimmenvielfalt. Papa beobachtete, wie die Sonne am Horizont auftaucht und binnen weniger Minuten verwandelt sie sich in eine strahlende Kugel.

An dem besagten Tag im April, als sich Papas Zigarette ihrem Ende näherte, fiel ihm auf, dass ein Sperlingpaar mit vollem Schnabel zu der Dachrinnenkante flog.

Papa mochte Spatzen, diese kleinen Vögel, die so frech und auch zutraulich sind. Wir hatten im Garten Johannisbeeren, Kirschen, Erdbeeren, Himbeeren, Äpfel, Birnen, Pflaumen und Mirabellen.

„Es reicht für alle, für die Vögelchen und für uns", beruhigte uns Papa, wenn wir die Vögel von einem der Sträucher scheuchten.

„Die Vögel brauchen wir doch, sie vertilgen so viel Ungeziefer, das würde uns sonst alles auffressen und nichts von der Ernte übriglassen," pflegte er immer wieder zu sagen.

Als hätten die Vögel seine Gutmütigkeit verstehen können,

sprangen sie oft auf seine Schulter, zwickten an seinem Ohr und tschilpten fröhlich. Auf seinem Frühstücktisch durften sie die leckeren Sachen von seinem Teller aufpicken.

Auch beim Nestbau waren sie sehr kreativ. Diesmal hatten sie unsere Dachrinne als Nistplatz gewählt. Papa befürchtete, dass die Vögel die Dachrinne verschmutzen könnten und der Dreck den Regenablauf verstopfen würde.

In den folgenden Tagen beobachtete er daher das frischgebackene Vogelpaar, wie es den Nestbau in der Dachrinne sehr zügig fertigstellte. Es blieb ihm nichts weiter übrig, als abzuwarten. Aus Erfahrung wusste mein Vater, sobald das Nest fertig ist, legen diese kleinen Vögel fünf bis sechs Eier und brüten diese in zwei Wochen aus. Noch 16-18 Tage füttern sie ihre Küken, und dann wiederholt sich das Ganze ein zweites Mal im Sommer.

Es wird schon gut gehen, entschied mein Vater.

In den nächsten Tagen war mein Vater mit regelmäßigen Beobachtungen beschäftigt, um die spannendste Phase mitzubekommen, wenn die Küken im Nest zu sehen sind.

Doch dieses Mal ist es nicht gut gegangen. An einem Morgen, kurz nach sieben, als Papa gerade seine Zigarette angezündet hatte, kam das Spatzenpaar an Papas Frühstücktisch und fing an zu schreien. Es war kein gewöhnliches Zwitschern, es war ein Hilferuf.

An diesem Tag flog Mama Spatz nicht auf seine Schulter, sondern setzte sich auf den Tisch, Papa gegenüber und flatterte aufgeregt mit den Flügeln. Dann flog sie ein paar Meter weg und kam wieder. So maßlos sein Erstaunen auch war, was das wohl zu bedeuten habe, stand Papa auf und folgte den Spatzen. Weit brauchte er nicht gehen. Das, was er sah, versetzte ihm einen Schreck. Nachts hatte es einen kräftigen Gewitterschauer gegeben, der die Brut samt Nest weggespült hatte. Und unten auf dem Pflaster lagen drei geplatzte Eier und zwei tote nackte Jungvögel.

„Also, liebe Spatzeneltern, dass ihr sooo dämlich seid, das Nest in eine Dachrinne zu bauen", regte sich mein Vater auf.

Als er sich bückte, um den Schaden aus der Nähe zu betrachten, merkte er, dass ein Vogelbaby noch lebte. Das fing an, leicht mit den noch unterentwickelten Flügeln zu schlagen und zappelte dabei unbeholfen mit seinem winzigen Körper. Aber es war so kraftlos, dass es nicht mal piepsen konnte. Auf dem Körper schimmerte nur ein zarter Flaum.

Anfassen wollte Papa das Vögelchen nicht, denn soll man nicht machen. Angeblich kümmert sich die Mama danach nicht mehr um ihre Brut. Aber Papa konnte das Vögelchen nicht einfach so krepieren lassen. Er wollte zumindest versuchen, den Vogel zu retten.

Er holt eine kleine Holzkiste, legt Stroh und Watte und dann das Findelkind dort hinein. Als er fertig ist und sich nach der Spatzen-Mama umschaut, ist diese weg. Sie hat tatsächlich ihr Kind verlassen.

Papa rührt aus dem Futter, das er für seine Hühnerküken gekauft hat, einen dicken Brei und stopft ihn mit einem Stäbchen dem Tierchen in den Schnabel.

Das Schnäbelchen ist so winzig, dass er sehr geschickt sein muss. Aber mein Vater ist Mediziner, wenn auch kein Tierarzt, doch er weiß, was er zu tun hat.

Das Vogelbaby überlebte. Bald bekam das Spätzchen ein voll entwickeltes Federkleid, und Papa setzte es in einen größeren Käfig. Ab und zu ließ er es in unserer abgeschirmten Terrasse frei, wo es seine Flügel ausbreiten und fliegen lernen konnte.

Dann ließ Papa eines Tages den Käfig mit weit geöffneter Tür im Freien stehen. Er wollte den Vogel nicht zu lange in Gefangenschaft halten, denn er wusste ja aus eigener Erfahrung, was der Verlust der Freiheit bedeutet.

PAPA UND WODKA

Unser Vater hatte zwei linke Hände, zumindest behauptete das meine Mutter. Als sich meine Eltern nach dem Krieg kennenlernten, stellte sich bald heraus, mein Vater hat keinen blassen Schimmer von Haushalt, Gartenbau und Viehzucht. Irgendwann bat ihn meine Mutter, einen Zaun aus dem natürlichen Baumaterial zu bauen, das die Landschaft um unser Haus herum bot. Schlanke Bäume als Pfosten mit Ästen von Weiden verflochten, so etwas meinte meine Mutter. Angespitzte Pfosten in die Erde schlagen und mit nicht zu dicken Ruten flechten, ohne dass diese brechen.

Sein erster Zaun hatte unterschiedliche Höhen und Richtungen und sah komisch aus. Mama schmunzelte und musste ihm mit Rat und Tat zur Seite stehen. Sie war sehr praktisch und kreativ zugleich, ein Landkind, das schon mit acht Jahren ein Pferd reiten und pflügen, Beete anlegen, Gemüse pflanzen und für den Winter einlegen konnte. Nach dem frühen Tod ihrer Mutter hatte sie viele Aufgaben im Haushalt übernehmen müssen.

Mein Vater hatte zwar in den Schul- und Semesterferien in Tabak- und Teeplantagen ausgeholfen, aber im Haushalt war er eine Niete. Meine Mutter musste ihm zeigen, wie mit einer Sense gemäht wird und wann Heu wirklich trocken ist. Und wenn es in der Scheune gelagert werden soll, gibt es besonders strenge Regeln. Das Heu muss immer von unten belüftet werden, nicht nur, weil es schwitzt und zu schimmeln beginnt, sondern auch wegen der Gefahr der Selbstentzündung, weil sich beim Fäulnisprozess Hitze entwickelt. Scheunen sind deshalb immer wieder mal abgebrannt. Heu zu machen und zu lagern ist Schwerstarbeit, aber es musste gemacht werden, denn unsere Kuh und eine Ziege brauchten über den Winter Futter, und sibirische Winter sind sehr lang.

Doch meine Mutter sah es gelassen. Unser Vater war ein lieber guter Mensch, wenn auch nicht so praktisch, wie Mama. Sie schätzte seine schwere Arbeit im Bergwerk sehr, und dass er das Geld für die Familie nach Hause brachte.

Dass er schon auf dem Nachhauseweg seinen Kumpel eine Kiste Schnaps ausgegeben hat, verzieh sie ihm. Sein Job war sehr gefährlich. Immer wieder gab es Unfälle und manche seiner Kameraden kamen nicht von der Schicht zurück. Aber Papa hatte einen Schutzengel, meinte meine Mutter.

Als er sein Rentenalter erreichte, wollte er endlich in seine Heimat Georgien zurückkehren. Dort, an der Schwarzmeerküste, kaufte mein Vater ein kleines Haus mit Obstgarten.

Das Grundstück lag sehr idyllisch an einem kleinen Bach, der selbst im heißesten Sommer nicht austrocknete. Das Wasser war klar und kühl. In der Nähe des Baches wuchsen Obst- und Walnussbäume. Dort stand eine Liege, auf der sich mein Vater oft ausruhte. Es wurde sein Lieblingsplatz. Hier konnte er über seine aufregende, ereignisreiche Vergangenheit nachdenken. Endlich war er angekommen.

Im Sommer gaben die Bäume Unmengen Obst. Mama konnte so viel gar nicht einkochen. Etliches fiel herunter und verfaulte.

Eines Tages brachte mein Vater einen Brennkessel und ein großes Fass mit nach Hause. Er hatte die brillante Idee, aus dem Fallobst Schnaps zu brennen. Weil er viel Zeit in seinem Rentnerdasein hatte, betrieb er seine eigene Schnapsbrennerei als Hobby, und das überschüssige Obst fand Verwendung.

Zerkleinerten Birnen, Äpfel, Pflaumen und ein Schuss Zucker

wurden in ein Fass gefüllt, um dann unter dem Dach an der Südseite des Hauses zu gären.

Irgendwann ist war es so weit. Mein Vater zündete ein Feuer an, füllte Maische ins Fass und dichtete die Ränder mit Lehm ab. Das Fass durfte nicht zu voll sein, sonst kocht es über.

Nach zahlreichen Pannen, auch ein Rentner lernt noch dazu, wusste mein Vater, wie es funktioniert. Es dauerte Stunden und erforderte viel Aufmerksamkeit. Das Feuer durfte nicht zu stark sein und auch nicht aufhören zu brennen. Und dann begann das Destillat langsam aber stetig zu tropfen. Ab und zu wurden ein paar Tropfen ins Feuer gespritzt. Wenn es dann blau brennt, ist der Alkoholgehalt noch hoch genug, aber wenn es zischt und die Flamme sich rot färbt, muss Schluss gemacht werden mit dem Schnapsbrennen.

Zwischendurch probierte Papa immer wieder ein Gläschen. Aber allein trinken machte ihm keinen Spaß. Ihm fehlte Unterhaltung. Folgten seine Kumpel seiner Einladung, saßen sie im Schatten der Bäume und aßen zu Papas Wodka seinen beliebten, von ihm selbst zubereiteten Salat. Dafür suchte er im Garten nach den schönsten reifen Tomaten, pflückte eine große Gurke und sammelte Kräuter. Auch ein Paar scharfe Peperoni gehörten hinein. Seine Freunde waren immer wieder von seinem schmackhaften Salat begeistert.

Nach einem Vorfall wurde mein Vater vorsichtiger mit Peperoni. Als er einmal vergessen hatte, vor dem Wasserlassen seine Hände zu waschen, kam er zu unserer Belustigung hüpfend und winselnd von der Toilette zurück. Uns kullerten die Tränen vor Lachen. Schadenfreude ist wohl doch die größte Freude.

Wenn Papa allein ein paar Gläschen trank, wurde er schnell

müde und schlief ein. Wir beobachteten ihn von der Seite und amüsierten uns köstlich. Wenn er unsere Blicke spürte, öffnete er die Augen und schaute verwirrt um sich.

In der Zwischenzeit, als Papa schlief, übernahm Mama seine Aufgabe, allein schon aus dem Grund, einen Teil des Schnapses vor Papa zu sichern. Er würde immer wieder seine Kumpels einladen, bis der Schnaps alle ist, und dann traurigsein, wenn es gibt keinen Anlass mehr gäbe, die Freunde einzuladen.

Meist versteckte Mama ein Dutzend Schnapsflaschen, als Reserve, wie sie sagte.

Wenn sie zum Markt ging, fragte Papa oft, ob sie ihm eine Flasche Schnaps auf dem Markt kaufen würde. Doch sie weigerte sich, ihr Haushaltsgeld dafür auszugeben, und Papa musste sein Taschengeld opfern.

Mama steckte dann eine ihrer Reserveflaschen in den Korb und ging einkaufen. Wieder zu Hause stellte sie die Flasche auf den Tisch und mein Vater nahm sich eine Probe. Meistens war er sehr begeistert, schnalzte mit der Zunge und warf meiner Mutter vor, so einen vorzüglich schmeckenden, aromatischen Wodka nicht brennen zu können. Sie schmunzelte nur und freute sich über das gute Geschäft und ein bisschen über die Belobigung.

Das Geld für die Schnapsflaschen konnte sie gut gebrauchen. Es fehlte immer irgendetwas im Haushalt, was für Männer keine Bedeutung hat.

Der berühmte Satiriker *Ephraim Kishon* hat einmal gesagt: „Hinter einer langen Ehe steht immer eine sehr kluge Frau." Meine Eltern waren 47 Jahre verheiratet, und ich bin überzeugt, die Weisheit meiner Mutter war der Schlüssel zu dieser langen Ehe.

KANINCHEN IN BUTTERMILCH

Meine Mutter wurde mit 75 Witwe. Sie vergaß zwar ihren Mann nicht, aber ihre Erinnerungen an den Verstorbenen vereinnahmten sie auch nicht. Die Behauptung, „Zeit heilt alle Wunden" trifft in ihrem Fall zu. Sie schloss sich einer Gruppe alter Damen an, die trotz ihres Witwendaseins nicht die Lebenslust verloren haben und ihr Leben weiter genossen.

Sie waren ein fröhliches Sextett. Die Sechste, Frau Müller, die meine Mutter als erste kennengelernt hatte, wurde nach einem Schlaganfall ins Pflegeheim eingewiesen, leider wurde sie viel zu früh Mamas Gesellschaft entzogen.

Frau Müller war es gewesen, die an der Wohnungstür klingelte, als meine Mutter am ersten Tag in ihrer neuen Wohnung noch die Kartons auspackte. Sie brachte eine Pflanze, eine Begrüßungskarte und zwei Stücke Torte. Selbstverständlich erwartete sie, dass meine Mama Kaffee kocht. Als sie genug geplaudert hatten, schaute Frau Müller Mamas Hauskleid skeptisch an und sagte:

"Machen sie sich morgen ein bisschen chic, ich nehme sie zu einer Veranstaltung mit."

Mama war so aufgeregt, dass sie sofort bei mir anrief, um das zu berichten. Aber das Wichtigste, was sie von mir wollte, war eine Beratung. Ein passendes Kleidungsstück für den bevorstehenden ersten Auftritt musste her! Sie hatte schon seit einer Ewigkeit an keiner Veranstaltung mehr teilgenommen.

Auch die Haare sollten geschnitten und in Locken gedreht werden. Einen Termin beim Frisör hätten wir so schnell nicht bekommen. Also musste ich selbst ans Werk gehen. Und Schuhe! Sie braucht neue Schuhe, behauptete sie. Mama hatte auch im Alter wohlgeformte kleine Füße, und ich bewunderte und beneidete sie dafür.

Ihre Füße, die sie von klein an den ganzen Sommer ohne Schuhe durch Wald und Feld trugen, blieben auch später in Holzpantinen ohne Schaden. Erst viel später konnte sie sich passende, gute Lederschuhe leisten. Schuhe blieben für immer ihr Begehren.

Ich freute mich sehr für meine Mutter und hoffte, ab diesem Tag fängt ein neues, schöneres Leben für sie an.

Meine – und sicher auch ihre – Erwartungen sollten sich erfüllen. Ab sofort ging sie regelmäßig zum Frisör. Auch Schoppen gehen wurde zu ihrer Leidenschaft. Mal eine schöne Bluse kaufen, ein passendes Tuch oder sogar eine Brosche. Bisher hatte sie erst immer auf das Preisschild geschaut und manches Teil, obwohl es ihr gefiel, sofort zur Seite gelegt. Früher achtete sie darauf, dass wir, ihre Kinder, gut angezogen waren. Jetzt war endlich sie dran.

Sie entdeckte, dass solche einfachen Dinge, wie Schoppen und drei Mal pro Woche mit ihren Freundinnen Kaffee trinken gehen, auch glücklich machen können.

Und wenn ab und zu Männer dabei waren und mit ihr flirteten, wurde sie rot und fühlte sich wie ein kleines Mädchen, das bei einer Dummheit ertappt wurde.

Umso mehr freute ich mich, als diese neue Freiheit sie wie ein Rausch mitgerissen hatte. Körperlich und geistig ging es ihr gut, und jetzt gewann sie zusätzlich lebenslustige Freundinnen, die „noch alle Tassen im Schrank hatten", wie sie mit lautem Lachen verkündete, und auch sonst noch geistige Frische aufwiesen. Kleine Wehwehchen hatten sie alle, aber es war selten das Thema für diese fünf Damen.

Ich hatte das Glück, sie alle kennenzulernen.

Mama war die zweitälteste nach Frau Müller, die leider im Altersheim landete. Deren Schwester Erna war nicht so scharmant, aber ganz gut zu ertragen.

Wenn sie etwas zu laut und zu hysterisch wurde, wurde sie von Frau Schumann, der autoritärsten in der Gruppe, gebremst.

Frau Schumann war eine reiche Witwe, besaß Anteile einer Fabrik und ließ es sich mit dem Erbe gut gehen. Die Eleganteste war sie allerdings nicht, und scheinbar legte sie auch keinen Wert auf ihr Aussehen. Sie trug mit Stolz, wenn auch etwas gebückt, ihre nach Motten riechenden schweren Pelzmäntel. Manchmal, erzählte mir meine Mutter, kam sie auch im Sommer in ihrem veralteten und zu eng gewordenen Persianermantel zu ihrem Stammtisch!

Aus Sparsamkeit ließ sie ihre Haare nur alle paar Monate beim Frisör waschen und drehen. In der Übergangszeit lief sie mit einem Vogelnest auf dem Kopf herum. Sie hatte immer noch ganz dickes Haar. Ihr prall gefülltes Portmonee und Bankkonto hoben ihr Selbstwertgefühl und ließen solche Kleinigkeiten nebensächlich erscheinen.

Marga, ein sehr kleines und mageres Persönchen, hatte fast eine Glatze und trug eine Perücke. Sie legte sehr viel Wert auf ihr Aussehen und litt unter ihren vielen Falten, die ihr Gesicht in eine Kraterlandschaft verwandelten.

Als ich in meinem Kosmetikstudio eine Präsentation eines Laser-Gerätes veranstaltete, kam sie unerwartet dazu. Sie nahm den Veranstalter in Beschlag und löcherte ihn mit Fragen, wie sie ihre Falten loswerden könne. Sie erzählte, wie viele Anti-Falten-Cremes sie sich schon ins Gesicht geschmiert habe, leider ohne Erfolg. Frustriert dachte Marga bereits über die Aufnahme eines beachtlichen Kredites für eine Botox-Behandlung nach.

Der Veranstalter erklärte ihr zum x-ten Mal, dass sich dieses Gerät für eine dauerhafte Haarentfernung eignet, für Pigmentfleckenbehandlung, Akne und Couperose, aber nicht für eine Faltenbehandlung. Aber sie ließ sich nicht abwimmeln. Sie nahm Platz in der Behandlungsliege und wollte nicht aufstehen, bevor ihr nicht eine Hautdiagnose gestellt würde und sie Behandlungsvorschläge erhielte.

Es wäre unhöflich gewesen, eine 86-jährige Dame vom Stuhl zu jagen. So entschied sich der Veranstalter, die Dame doch noch aus der Nähe anzuschauen.

Was er an ihr entdeckt hatte, war für das nächste halbe Jahr Gesprächsstoff unter Fachleuten. Er konnte nicht anders, er musste lachen! Marga hatte überflüssige Haut an ihrem Gesicht zusammengerafft und sie hinter dem Ohr mit einem Klebeband befestigt.

Diese eitle alte Dame!

Aber Marga hatte einen triftigen Grund für ihre Eitelkeit. Bevor meine Mutter sich dieser Gruppe anschloss, hatte Marga einen Verehrer namens Hermann.

Er saß gelegentlich als einziger Mann an dem Frauenstammtisch. Seitdem Mama dabei war, ließ er kein Treffen aus. Hermann war zum dritten Mal Witwer und hatte nichts dagegen, zum vierten Mal zu heiraten. Er sei ein Gentleman und besäße ein Auto, mit dem er noch ganz flott im Straßenverkehr fahren könne, pries er sich an. Und Marga hoffte schon lange, dass er eines Tages sie fragen würde.

Mit der Ankunft meiner Mutter hatten sich ihre Chancen allerdings sehr deutlich verschlechtert. Hermann fand meine Mutter sympathisch und flirtete mit ihr, was das Zeug hält. Er bot ihr sogar einmal an, die Urlaubskosten für sie zu übernehmen, weil sich meine Mutter weigerte, mit der Gruppe für zwei Wochen nach Bad Kissingen zu verreisen.

„Ich weiß, du hast eine kleine Rente. Ich bezahle für dich", macht er ihr direkt am Tisch den Vorschlag.

Frau Schumann und Marta lachen laut, und rieten meiner Mutter, das Angebot sofort anzunehmen. Marga verschluckte sich an ihrem Kaffee. Sie ging raus.

Frau Schumann flüsterte meiner Mutter ins Ohr: „Sie ist eifersüchtig."

Erst jetzt verstand meine Mutter die Peinlichkeit der Situation. Als sie mir das erzählte, zitterten ihre Lippen verdächtig.

"Ich werde doch keinem im Wege stehen. Ich werde mir doch niemals mit 82 Jahren noch einen Freund zulegen!" Ach, wie naiv sie war, meine Mutter.

Als sie sich an diesem Tag von der Gruppe verabschiedete und nach ihrem Mantel greifen wollte, stand Hermann schon bereit und half ihr in den Mantel.

„Wie schnell du das kannst!", rutschte es meiner Mutter aus, anstatt sich zu bedanken.

„Wenn du wüsstest, was ich noch alles kann!" flüsterte Hermann ihr ins Ohr. Da wurde es meiner Mutter ganz ungemütlich. Sie wollte nur noch raus.

Kurz darauf klagte Hermann über Schwäche und Schwindel. Bald stand fest: Hermann braucht einen neuen Herzschrittmacher. Alle machten sich Sorgen um ihn, vor allem Hermann selbst. Aber der Arzt sagte, auch in seinem Alter sei es durchaus möglich, die Batterie ohne Risiko auszuwechseln.

Doch die Sorge um Hermann und seine OP war nicht unberechtigt, denn eines Tages kam er nicht mehr zum Kaffeetrinken. Er war aus der Narkose nicht mehr aufgewacht.

Besonders Marga hat das mitgenommen. Sie wurde depressiv und weinte viel. Seitdem ging es auch mit Marga bergab.

Marta Müller war eine kleine, adrette 88jährige Frau. Sie war fünf Mal verheiratet und fünf Mal Witwe geworden. An Tagen, an denen sie nichts zu tun gab, bestellte sie aus Langeweile gerne ihren Hausarzt zu sich.

Sie wohnte in einer kleinen Wohnung im betreuten Wohnheim. Sie, die einst durch ihre letzte Heirat Villenbesitzerin geworden war, litt sehr unter ihrem gesundheitlichen und sozialen Abstieg. Sie hatte Asthma und konnte nicht mehr allein wohnen. Ihr Essen bekam sie geliefert und hatte eine Putzfrau aus dem Ausland.

Das verriet uns Marta. Die Eltern „ihrer Putze", wie sie sie nannte, lebten nicht mehr. Der Mann sei Alkoholiker und ihre beiden Kinder seien bei der Schwester in der Heimat untergebracht. Die Putzfrau vermisse ihre Kinder, telefoniere einmal im Monat mit ihnen. Das sei zu teuer und sie könne es sich nicht leisten, öfter anzurufen.

„Wie heißt die Frau und aus welchem Land kommt sie denn", fragten wir Martha.

„Es interessiert mich nicht, wie sie heißt. Sie ist Ausländerin, vermutlich Rumänin, wohl eine „Illegale", antwortete Martha. Dabei huscht ein **verächtliches** Lächeln über ihr Gesicht.

Ungeniert erzählte sie ihren Freundinnen, wie sie die Frau schikaniert. Sie schickt sie in drei verschiedene Geschäfte einkaufen, da wo gerade etwas im Angebot ist. Die arme Frau muss die halbe Stadt zu Fuß durchqueren, denn ein Auto kann sie sich nicht leisten.

Martha war knausrig, nicht nur ihrer Putzhilfe gegenüber. Auch ihre Kinder wussten von ihrem prallen Bankkonto nichts, wenn sie es auch vermuteten. Nicht mal zum runden Geburtstag ihres Sohnes konnte sie sich von ein paar Scheinen trennen. Ihr Sohn hatte sich bei seinem Jubiläum nicht lumpen lassen und seine Gäste in eine Lokalität zum drei Gänge Menü und Musik eingeladen. Marta machte sich chic und wurde sogar von einem Taxi abgeholt. Bei der Begrüßung drückte sie ihrem Sohn eine Schachtel Pralinen in die Hand, steuerte sofort zum reichlich gedeckten Buffet und machte sich über alle Delikatessen her, die sich dort anboten. Auch Amaretto Likör bestellte sie sich drei Mal nach.

Als sie sich verabschiedete, steckte ihr Sohn ihr Mitbringsel in ihre Tasche mit der giftigen Bemerkung: „Iss deine Pralinen selbst, Mutter! Die sind übrigens seit einem Jahr abgelaufen."

Als Marta ihren Freundinnen den Vorfall erzählte, weinte sie sogar ein bisschen.

„Entschuldige bitte Marta, aber das war ziemlich blöd von dir", empörte sich Frau Schumann. „Nee, nee...wie kommst du auf die Idee, einem erwachsenen Mann zum 50sten Geburtstag eine Schachtel Pralinen zu schenken? Das ist doch peinlich!"

Marta schniefte trotzig: " Wenn die wüssten, wie viel Geld ich habe, dann stünden sie doch alle paar Tage auf der Matte und bettelten. Wenn sie eines Tages mein Testament öffnen, dann werden sie wohl aus allen Wolken fallen! Haha!"

Alle anderen Damen versuchen Martha zu überzeugen, dass Schenken sehr schön sein kann und man dabei außerdem Erbschaftsteuer sparen kann. Marta blieb stur, sie wollte keinen Cent verschenken, so lange sie lebt.

Manchmal schummelte sie sogar im Supermarkt und etikettierte beim Wiegen Weintrauben als Äpfel. Und sie prahlte auch noch, dass sie das ein paar Mal in der Woche mache! Dass das noch keine Verkäuferin gemerkt habe, wunderten sich die Freundinnen. Aber auch dabei ist Martha clever, sie geht immer dann einkaufen, wenn der Laden richtig voll ist. Dann sind die Verkäufer im Stress und solche Schummeleien gehen unbemerkt über die Theke.

Über die ganzen Jahre haben die fünf Freundinnen von Gott und der Welt gesprochen. Jede erzählte von ihren Kindern, Enkelkindern, von deren Erfolge beim Klavierunterricht, von frechen Fragen und Antworten. Und da war meine Mutter keine Ausnahme. Sie erzählte gerne von ihren süßen Uhrenkeln und strahlte dabei sehr glücklich.

Nur vom Krieg, seinen Grausamkeiten und Verbrechen haben sie nie gesprochen, als wäre es ein Tabu-Thema.

Ab und zu brannte meiner Mutter die Frage auf der Zunge, wo die anderen während des Krieges gewesen sind und was sie erlebt haben. Sie wollte ermessen, ob und in wieweit ihr Schicksal schwerer war.

Meine Mutter wurde in der Ukraine geboren und am Kriegsanfang war sie gerade mal 24 Jahre jung. 1942 wurde sie als Deutschstämmige zwangsverpflichtet, musste zwölf Stunden am Tag an den Produktionsmaschinen für die Rüstungsindustrie arbeiten. Es gab kaum Pausen, gegessen wurde am Arbeitsplatz.

Frau Schumann war zu Kriegsanfang 20 Jahre alt und mit dem Sohn eines Fabrikbesitzers verlobt. Er wurde vom Wehrdienst befreit, denn der Betrieb sollte für die Wehrmacht produzieren. Zulieferbetriebe für Kriegsmaterial konnten ohne

Zwangsarbeiter aus Polen, der Sowjetunion und Frankreich nicht existieren. Die Anforderungen der Wehrmacht waren sehr hoch.

So viel wusste meine Mutter. Hatte Frau Schumanns Firma auch Zwangsarbeiter aus Russland gehabt? Aber das hätte meine Mutter nicht gefragt, um diese dunkle Seite ihrer gemeinsamen Geschichte nicht weiter zu vertiefen.

Wie viele ihrer neuen Freundinnen hatten während des Krieges schlaflose Nächte, ihr Zuhause verloren, ihre Familien? Gerne hätte das meine Mutter gewusst, aber sie wollte nicht als neugierig gelten und hielt sich zurück. Außerdem waren die Frauen jede auf ihre Art und Weise sympathisch, besonders Frau Schumann. Dass sie meine Mutter, eine Russlanddeutsche, ins Herz geschlossen hatte und bei jeder Kleinigkeit beschützte, wusste meine Mutter zu schätzen.

Allerdings schimpfte Erna, die nach dem Krieg im Osten Deutschlands gelebt hatte, bei jeder Gelegenheit über Russen, dabei schielt sie verstohlen in Mamas Richtung. Aber Mama hatte gelernt, sich nicht jeden Schuh anzuziehen und überhört das. Nach der Wende fuhr Erna mehrfach in die ehemalige DDR, um Ansprüche auf ihren Besitz geltend zu machen. Das hat sie auch geschafft. Aber sie bekam so wenig Entschädigung, dass sie das noch wütender machte.

Frau Schumann sagte dazu nur ungerührt: „Na, wenn du dort nur eine kleine Hütte mit kleinem Grundstück hattest, kannst du doch nicht gleich Reichtum erwarten."

Also, die Frauen waren gut zu ertragen und es machte Mama viel Spaß mit ihren Freundinnen Karneval zu feiern, zu singen und Rezepte auszutauschen.

Einmal brachte sie einen Zettel mit einem Rezept nach Hause.

Ich wunderte mich, dass sie sehr lange darin las und ab und zu ihren Kopf schüttelte. Ich wartete, obwohl ich sehr neugierig war, bis sie mich ansprach.

„Hast du schon mal Kaninchen in Buttermilch gegessen?" fragte sie mich. „Soll eine Delikatesse sein, sagt Frau Schumann."

Abgesehen davon, dass ich noch nie in meinem Leben Kaninchen gegessen htte, in Buttermilch konnte ich mir dieses Tier gar nicht vorstellen. Mein Gesichtsausdruck schien meine Mutter sehr zu irritieren, denn sie begann, leise zu kichern. Die Vorstellung von einem Kaninchen, einem niedlichen Tierchen, womöglich mit weißem Fell, weich und kuschelig, in einem Bad mit Buttermilch?

Wir lachten sehr lange über dieses Rezept, bis uns die Tränen übers Gesicht rannen und der Bauch wehtat.

Ab und zu ging meine Mutter ihre Freundin Frau Müller im Altersheim besuchen. Danach war sie immer ein paar Tage sehr bedrückt. Frau Müller ging es nicht schlecht, aber in ihrem Zimmer lag seit acht Jahren eine Frau mit Magensonde ohne Bewusstsein.

Eigentlich sei das kein Mensch, sondern ein Häufchen Elend, das ihre Kinder monatlich Tausende Euro kostet. In diesem Dämmerzustand könne sie mit Hilfe der Apparatur noch Jahre künstlich leben. Ihre Kinder seien zerstritten, eine Tochter weine viel und beschwöre ihre Geschwister, das Elend zu beenden. „Das ist doch kein Leben! Unsere Mama hat das nicht gewollt! Und sie hat es auch nicht verdient! Wenn sie nur sprechen könnte! Wenn sie doch bald sterben möge!"

Mama, eine gottesfürchtige, gläubige Frau, bezweifelt, dass es Gottes Wille sein kann, Sterben zu verhindern.

Nach einem dieser Besuche forderte meine Mutter von mir das Versprechen, keine künstliche Versorgung mit ihr zu veranlassen und sie Zuhause friedlich sterben zu lassen, auch wenn es für die Hinterbliebenen eine schwere Bürde sei.

Ihre Freundinnen klärten sie über eine Patientenverfügung auf, und sie drängte mich, die Formulare zu besorgen. Die alten Damen redeten offen über den Tod und sie hatten keine Angst vor dem Ende, sondern vor der Lebensverlängerung mit allen Mitteln, wie sie die moderne Medizin zur Verfügung stellt.

Und noch eins beschäftigte meine Mutter: „Wo werde ich beerdigt?" Ihr Mann, mein Vater, liegt seit 23 Jahren in einem kleinen Friedhof in Norddeutschland. Es ist ein Doppelgrab und wurde damals schon für beide bestimmt. Nun lebte meine Mutter seit zwanzig Jahren über 300 km weit von diesem Ort entfernt.

"Die Überführung dahin kostet doch viel Geld", meinte sie, und viel Geld hätte sie nicht. Zu Lasten ihrer Kinder solle es auch nicht gehen. Da nahm mein Mann sie in seinen Arm und scherzte: "Ach, liebe Mamuschka, mach dir doch keine Sorgen. Wenn es so weit ist, setzte ich dich in meinen Wagen und wir machen mit dir unseren letzten gemeinsamen Ausflug nach Norddeutschland."

Heute liegt sie bei meinem Vater und der Grabstein macht es mir unerbittlich deutlich, dass die geliebten Menschen wirklich tot sind.

„Asche zu Asche, Erde zu Erde"

Die Vorstellung, dass sie eins mit der Natur geworden sind, spendet mir Trost. In meinem Herzen leben sie weiter.

WAS ÜBRIG LÄSST CHRISTUS ... HOLT SICH DER FISKUS
(Volksmund)

Mit 49 Jahren habe ich mich selbständig gemacht. Es war die Zeit, als die Regierung bestrebt war, die Arbeitslosenstatistik durch Gründung von Selbständigkeit in ihrem Sinne zu beeinflussen. Fördern und fordern war die Devise.

Arbeitslosen Menschen sollte mithilfe kleinerer Kredite der Sprung in die Selbstständigkeit und damit in eine bessere, wenn auch ungewisse, Zukunft gelingen. Sie sollten als „ICH-AG-Unternehmer" ihren Lebensunterhalt selbst bestreiten, die Banken würden von der Vergabe der Gründerkredite profitieren, und der Staat würde bei der Arbeitslosenunterstützung sparen.

Die Idee schien gut zu sein. Ich sah endlich eine Möglichkeit, mein eigenes Kosmetikstudio zu eröffnen. Dienstleistungsgewerbe sei gefordert, hieß es.

Meine erste Einkommensteuererklärung ging pünktlich zum Finanzamt. Schließlich war es meine erste Steuererklärung überhaupt. Ich war mächtig stolz auf mich, alle Vordrucke ohne einen teuren Steuerberater ausgefüllt zu haben.

Relativ schnell bekam ich den Bescheid über die Feststellung des verbleibenden Verlustvortrages und noch dazu einen Begleitbrief des zuständigen Finanzbeamten:

„Sehr geehrte Frau D.,
wie ihnen bekannt ist, hat sich die Arbeitsweise der Finanz-ämter in der Weise geändert, dass bei der Bearbeitung der Steuerfälle in stärkerem Maße gewichtet und auf das Wesentliche abgestellt wird.
Den diesjährigen Schwerpunkt im Finanzamt bildet – wie sie

evtl. bereits aus der Presse erfahren haben – die Überprüfung
der Mittelherkunft.
Das Finanzamt prüft Einkommensteuererklärungen, bei de-
nen nicht eindeutig erkennbar ist, von welchen Mitteln der
Lebensunterhalt bestritten wurde. Aufgrund ihrer Angaben
ergibt sich nach meiner überschlägigen Berechnung, dass ih-
re verfügbaren Mittel zur Bestreitung ihres Lebensunterhal-
tes nicht ausreichen.
Erläutern Sie mir bitte, von welchen weiteren Mitteln der Le-
bensunterhalt bestritten wurde. Eine zusätzliche Begründung
in Form von Belegen oder Nachweisen bitte ich ihren Erläu-
terungen beizufügen.
Mit freundlichen Grüßen
W.W."

Ich wunderte mich darüber, dass ein teurer Staatsdiener seine
kostbare Arbeitszeit, seine Nerven und so viel Papier für mich
kleine Existenzgründerin verschwendet. Also setzte ich mich
hin, verfasste einen freundlichen Brief, der mit einer Prise Sar-
kasmus gewürzt war.

„Sehr geehrter Herr W.,
ich freue mich, dass Sie sich Gedanken machen, wie sich Exis-
tenzgründer „durchschlagen". Ich weiß, dass ich eigentlich
schon wieder beim Arbeitsamt oder Sozialamt gemeldet sein
sollte. Wenn Sie gestatten, will ich damit noch etwas warten.
Wie beschwerlich der Weg in die Selbstständigkeit von all
den Institutionen wie Banken, Kammern und Krankenkassen
gestaltet wird, könnte einen Roman füllen. Aber danach ha-
ben Sie nicht gefragt.

Zu Ihrer Frage, wovon ich meinen Lebensunterhalt bestritten habe, folgende Erklärung:

1. Als Startkapital dienten Ersparnisse, hauptsächlich die meiner Mutter, sowie ihre stille Reserve „Sterbegeld", in der Hoffnung, dass sie noch lange lebt.

2. In unserer Zweieinhalb-Zimmer-Wohnung leben wir überwiegend von Mutters kleiner Rente.

3. Die eingezahlten Beträge für eine mir von der Hausbank aufgeschwatzten Lebensversicherung sind mir zurückerstattet worden.

4. Weiterhin erhielt ich Unterstützung und Darlehen von Freunden und Verwandten, weil die meisten Kreditvermittler zu sehr an Provisionen interessiert waren, aber nicht an den von mir beantragten 10.000 €.

5. Ab und zu werde ich von netten Herren zum Essen eingeladen. (Muss ich den geldwerten Vorteil auflisten und versteuern?)

6. Wenn Sie die Abschreibung unberücksichtigt lassen, ergibt die G+V fast eine schwarze Null, womit ich im 1. Jahr meiner Selbständigkeit „zufrieden sein soll", sagte eine befreundete Steuerberaterin. 70% der Existenzgründer enden nämlich mit einem Schuldenberg.

Aber das wissen sie ja. Immerhin ist mein Umsatz in den ersten Monaten dieses 2. Jahres auf 12.657,45 EUR gestiegen.

Mit freundlichen Grüßen

L.D."

Ein Jahr ist verging, und ich bekam erneut einen Brief vom Finanzamt. Es wurde wieder nach den verfügbaren Mitteln zur Bestreitung meines Lebensunterhaltes gefragt. Ich antwortete, dass ich meinen Umsatz kontinuierlich gesteigert hätte und dass ich mich jetzt immer öfter zum Essen einladen lasse.

Auf diesen Brief antwortete Herr W. nicht. Jetzt bin ich mir sicher, Steuerhinterzieher, Geldwäscher, Mafiosi, Banker und Finanzhaie brauchen sich in unserem Land nicht zu sorgen, denn die Finanzbeamten sind bis über beide Ohren mit außerordentlich wichtigen Vorgängen beschäftigt und hoffnungslos von fragwürdigen Leuten wie mir in Beschlag genommen. Da bleibt für die wirklich schwarzen Schafe unserer Gesellschaft ganz sicher keine Zeit. So etwas nennt man effiziente Verwaltung. Oder wie auch immer.

PUSTEKUCHEN

„Ab nächste Woche kannst du ruhig mit mir Deutsch sprechen", verkündet mir meine Freundin stolz.

Natalia kommt wie ich aus meiner alten Heimat Russland. Wie viele andere Russland-Deutsche bringt sie nur dürftiges Deutsch mit, aber einen dicken Deutsch-Russischen Sprachführer, der für uns Aussiedler ein absolutes Muss ist.

Dort stehen die Standartsprüche, wie: "Wie viel muss ich zahlen?" oder "Ist es zu weit zu Fuß?"

Klar, als Neuankömmlinge hatten wir nicht viel Geld, und ein Auto besaßen wir damals auch noch nicht.

Richtig fragen war schon sehr wichtig. „Wie spät haben sie es?" stößt sicher auf ein Schmunzeln.

Natalia ist eine selbstbewusste Frau. Wenn sich die Unterhaltung in die Länge zieht und sie versteht nur Bahnhof, versucht sie dabei nicht rot zu werden und sagt: „Ich habe eilig!" Das ist der Satz, den sie sich als erstes eingeprägt hat. Dann wirft sie mit gekonnter Kopfbewegung ihre Haarpracht nach hinten und stolziert davon.

Doch Natalia sehnt sich nach mehr Unterhaltung. Sie lebt seit 20 Jahren in Deutschland. Aber ohne deutsche Sprache bleibt sie isoliert in ihrem russischsprachigen Freundes- und Bekanntenkreis. Dort wird Kauderwelsch gesprochen, wie:

" Im Sommer laufe ich immer Fussbar".

"Ich habe keinen blauen Schimmel".

Oder auf die Frage: „Was kochst du heute?", bekommst du die Antwort: „Ich mache heute Geschnitzeltes!"

Aber jetzt habe sie aber endgültig die Schnauze voll, meint Natalia. (Den Satz hat sie auch schnell gelernt.) Sie hat nämlich im Internet die Werbung gelesen: „Sprache Lernen – blitz-schnell und kinderleicht!" worüber ich schon wieder schmun-zeln muss.

Sie ist beleidigt: „Du hast gut reden! Dein Mann hilft dir die Sprache zu perfektionieren! Ich habe aber niemanden, der mich korrigiert, wenn ich was Falsches sage!"

Sie ist den Tränen nah. Ich kann sie verstehen. Wie viele Pan-nen hat mir mein Deutsch bereitet, bevor ich mich einigerma-ßen vernünftig ausdrücken konnte! Sie hat recht, mein Mann, meine Enkelkinder und zahlreiche deutsche Freunde helfen mir, mein Deutsch zu verbessern. Und ich lerne immer noch Neues – und das jeden Tag!

Aber nicht nur ich. Die deutsche Sprache verändert sich, wie jede andere, mit der Zeit stark. Auch durch den Kontakt mit anderen Sprachen. Es kommen neue Wörter aus dem Engli-schen, Französischen und anderen Sprachen. Viele bleiben „eingedeutscht". Oder es gibt eine neue Rechtschreibung, die von 2007 zum Beispiel. Die 20 wichtigsten Regeln wurden dort zusammengefasst. Über die Regel Nr.18 musste ich lachen. Bei wörtlicher Rede wird ein Komma vor dem Kommentarsatz, also nach „?" und „!", gesetzt: „Hilf mir doch!", bat er sie. „Liebst du mich noch?", fragte sie ihn.

Wenn nur die Platzierung des Kommas mein Problem wäre! Was mir zu schaffen macht, sind die Artikel wie: *das* Tier, *die* Katze, *der* Hund, *das* Pferd (aber *der* Schimmel, *der* Hengst und *die* Stute).

Es gibt in der deutschen Sprache Regeln, die kaum ein Mensch versteht, glaube ich.

„Sie drückt ihm ein Buch in *die* Hand." Aber: „Er hält ein Buch in *der* Hand."

Mädchen sind weiblich, warum hat ein Mädchen den Artikel „das"? Sicher gibt es dafür eine Erklärung, doch logisch erscheint sie mir doch nicht. Was für ein Durcheinander!

Und erst die Umgangssprache!

Ich kann mich noch gut daran erinnern, als mein Mann auf meine Frage: „Hast du unser Lieblingsbrot noch bekommen?" antwortete: „Pustekuchen, Brot war ausverkauft."

Als ich die Tüte öffnete, die er mitgebracht hatte, entdeckte ich einen Blechkuchen darin. Ich kochte Kaffee und rief: "Komm bitte, Kaffee ist fertig und Pustekuchen steht schon auf dem Tisch."

Wie lange mein Mann gelacht hatte, verschweige ich lieber.

Soll ich mich auch zusammen mit Natalie zum Sprachkursus anmelden, um diese Regeln zu lernen, überlege ich.

Erst nehme ich mir die Seite mit dem Versprechen „Kinderleicht und blitzschnell" unter die Lupe. Behauptungen: „Andere sind teuer, wir nicht!" und „Finde heraus, warum wir trotzdem gut sind!" beruhigen mich nur ein bisschen. Wenigstens werden ich und meine Freundin dadurch nicht arm.

Auf der ersten Seite lese ich eine Empfehlung von einem jungen Mann, der selbst sieben Sprachen spricht: „Ihr wollt mit euerm Spanisch so richtig angeben? Dann bucht heute noch unseren Kurs, um mit dem Lernen gleich anzufangen. Und macht regelmäßig Urlaub in Spanien. Dort könnt Ihr Euch mit Einheimischen unterhalten, um die Sprache zu lernen."

Wir möchten aber kein Spanisch lernen!

Ich vermute, in diesem Fall handelt es sich um einen unseriösen Anbieter, halte mich aber mit meinem Zweifel zurück.

Ich bin überhaupt überrascht über Natalias Entschluss, nach 20 Jahren Ernst damit zu machen richtig Deutsch zu lernen. In dem Haus, in dem sie wohnt, kann sie ihre Muttersprache sprechen. Ihre Nachbarn sind Landsleute. Urlaub macht sie gerne in der Türkei. „Auch da brauch ich kein Deutsch", meint sie. „In der Türkei gibt es zurzeit viele unserer Landsleute, überall, im Hotel, in Boutiquen und auf dem Markt."

Während wir uns unterhalten, piepst Natalies Handy dauernd.

„Meine Freundin schreibt mir gerade auf *Warts ab*, sie wird den Kurs auch buchen. Zu zweit macht es mehr Spaß", freut sie sich. Natalia scheint wirklich fest entschlossen, ihr Deutsch zu verbessern!

Ich bemühe mich, über *Warts ab* nicht zu lachen, wünsche Natalia viel Erfolg und verspreche ihr, mich in einer Woche mit ihr nur noch Deutsch zu unterhalten.

OMA, DU BIST PEINLICH!

„Ommma! Mach die Tür zu!"

Meine Freundin Ella wischt sich die Tränen ab.

„Gestern war es noch das süße Kind mit zwei blonden Zöpfchen, lieb und niedlich! Und heute ist es ein pickeliges, freches Wesen, das mich einfach aus ihrem Zimmer 'rauswirft und uns alle mit ihren hysterischen Wutausbrüchen terrorisiert. Sie knallt die Türen und färbt sich die Haare pink!"

Wir sitzen in einem gemütlichen Café. Sie braucht jemanden zum Reden.

„Warst du bei Amelie?", frage ich vorsichtig. Ella ist 65, eine stolze Mutter und Oma. Amelie ist ihre einzige Tochter und Jackie das einzige Enkelkind.

Ich könnte ihr sagen: *Ach, du hast Glück, Mädchen sind weit weniger dramatisch als Jungs!* Doch ich verkneife mir die Bemerkung.

Sie nickt und putzt laut der Nase.

„Ich könnte viel häufiger hinfahren und mich um Jackie kümmern. Es sind nur 70 km. Und ich würde es für mein Leben gern tun. Ich finde es wunderbar, Großmutter zu sein."

Für einen Moment leuchten ihre Augen.

„Doch seit Jackie älter geworden ist", fährt sie leise fort und zupft an ihrem Taschentuch, „ist das Verhältnis zwischen uns nicht immer harmonisch, ja sogar ab und zu anstrengend. Sie ist zu nervig, zu laut und oft ganz schön frech. Selbst solche harmlosen Fragen, wie: „Hast du deine Hände gewaschen?", führen zu unendlichen Diskussionen."

Wem sagst du das? denke ich mir. Aber ich höre nur zu.

„Auf meine Forderung, endlich ihr Zimmer aufzuräumen,

verweist sie mich des Raumes mit der Begründung, sie möchte jetzt ihre Ruhe haben oder chillen, wie sie das nennt. Sie sagt zu mir: ‚Oma, du bist voll peinlich!' Normalerweise verliere ich nicht so leicht die Nerven, aber wenn sie ihre Musikanlage so laut aufdreht, dass die Nachbarn immer wieder mit Anzeige drohen, dann ist meine Geduld schnell am Ende."

Ich höre zu und denke an meine eigenen beiden Enkelkinder, zwei süße, aber auch anstrengende Jungs. Bei uns geht es auch nicht anders zu. Als sie kleiner waren und ‚Räuber und Gendarm' spielten, schrieen sie laut und schubsten sich kräftig. Mag ja wild ausgesehen haben, war aber harmlos. Nun sind ein paar Jahre vergangen, und die beiden sind jetzt in der Pubertät. Sie spielen nach außen den großen Macker, aber ich erkenne dahinter ihr Bemühen, mit den körperlichen und seelischen Veränderungen klarzukommen.

Ich versetze mich in meine eigene Jugendzeit und muss gewaltige Unterschiede feststellen. Die Autorität meines Vaters war nicht zu erschüttern. Auch mit 40 hatte ich großen Respekt vor meinem Vater und allem, was er sagte. Die Mutter wickelten wir oft um den Finger. Aber sie ließ es gern geschehen. Sie ist bei einer Stiefmutter aufgewachsen und musste viel Leid erfahren. Sie liebte uns Kinder, ihre Enkel und Uhrgroßenkel abgöttisch und verwöhnte uns grenzenlos.

Ich bin etwas anders als meine Mutter, ich gebe es zu. Von der Rolle des Babysitters bin ich weit entfernt.

Ich habe meine eigenen Rituale, eigene Termine, möchte spontan sein, verreisen und meinen Hobbys nachgehen.

Doch die Zeit mit den Enkelkindern ist trotz mancher Auseinandersetzungen mit ihnen kostbar für mich. Und wenn ich einmal die Nerven verliere und laut zu ihnen werde, schwöre ich mir, mich nächstes Mal besser im Zaum zu halten.

Denn ich will keine zänkische, brüllende und uncoole Oma sein. Nein, ich möchte in den Augen meiner Enkelkinder eine Oma sein, die jung im Kopf ist, die über aktuelle Trends auf dem Laufenden ist und das Verständnis für ihre Pubertätsprobleme hat. Ich möchte eine scharmante alte Dame sein, die im Alter mit Vergnügen in die Vergangenheit schaut und sich an eigene Erfolge und Abenteuer gerne erinnert. Je mehr Abenteuer wir erleben, desto mutiger werden wir. Umso größer ist die Chance, dass uns diese Erinnerungen nach vielen Jahren noch erwärmen.

Heute Morgen hörte ich im Bus einen Jungen *Friedhofsgemüse* zu einer alten Dame sagen. Seine Freunde krümmten sich vor Vergnügen. *Friedhofsgemüse!* Das muss man sich vorstellen! Doch im Internet kursieren noch sehr viel weniger schmeichelhafte Bezeichnungen: *Abstellgreis* und *Verwesungsanwärter*. Und die alte Dame sah nun mal wirklich komisch aus. Ihr gelber Wollmantel und die kleine grüne Mütze mit bunter Bommel erinnerten mich an eine Möhre. Die alte Dame machte ein Nickerchen, ihr Mund stand halb offen, und sie schnarchte sogar leise.

Ich drehte mich zum Fenster und musste schmunzeln. Es fiel mir schwer, bei dieser Szene ein ernstes Gesicht zu bewahren!

Daran denkend schaue ich meine Freundin an und versetze mich in meine Kindheit. Was haben wir über Nachbars Opa gelacht, der nach dem Toilettengang vergessen hatte, seine Hose zuzumachen! Als er das merkte, schmunzelte er fröhlich: "Im Hause, wo die Leiche liegt, stehen die Türen offen."

Es ist doch ganz normal, dass wir in den Augen der Kinder alt, grau und manchmal auch peinlich erscheinen. Sie sind so jung, so neugierig, auf der Suche nach sich selbst. Teenager eben. Die Welt steht ihnen offen.

Ich rede Ella gut zu, sie soll den Verlust ihrer süßen kleinen Enkelin nicht so dramatisieren. Ich rede von dieser sensiblen Phase, von Pubertät und Druck in der Schule, von Mobbing wegen teurer Handys und Markenklamotten. Dass sie manchmal eigentlich gar nichts dafür können, wie zickig sie reagieren und wie sie bei der kleinsten Kritik wie eine Rakete abgehen.

Ich rede davon, wie schnell die Zeit vergeht, dass unsere Enkelkinder in ein paar Jahren ihr eigenes Leben, ihre eigene Wohnung haben werden. Vielleicht bekommen wir sie Monate oder Jahre nicht zu Gesicht. Darüber werden wir alt, unsere Glieder werden schwer, das Gehör und die Sehkraft lassen nach, und ruckzuck, sind wir wirklich altes Gemüse. Das ist der Kreislauf der Natur.

Noch ein Gedanke beschäftigt mich. Egal wo wir unseren Lebensabend verbringen werden, in einem Altersheim oder im Familienkreis, wer pflegt schon gerne eine alte, schlecht gelaunte, unfreundliche, verbitterte Oma oder solch einen Opa?

„Möchtest du lieber in einem Altersheim deinen Lebensabend verbringen oder bei deiner Tochter?"

Ella zuckt zusammen.

„Ich?"

„Ja, du?"

Mit meiner Frage möchte ich sie von ihren düsteren Gedanken ablenken. Ich rede einfach drauf los und plötzlich kommt mir eine Idee:

„Weißt du was, wäre es nicht schön, wenn wir uns so eine Art Bonuskonto einrichten, in das wir unseren verständnisvollen Umgang mit der Jugend eintragen können.

Verständnis gezeigt – ein neuer Bonuspunkt! Ein Bonuskonto wie in einem Supermarkt! Und dieses Konto wird von keiner Überschwemmung, von keinem Zusammenbruch des Bankensystems und von keinem Erdbeben zerstört!"

Meine Freundin schaut mich erstaunt an.

„Ja", fahre ich fort, „wenn wir dann im Alter pflegebedürftig werden, schauen wir uns den Stand unseres Bonuskontos an. Dann fällt es uns nicht so schwer, Hilfe anzunehmen. Selbst wenn wir einen Gedächtnisverlust erleiden, das Konto wird weiter bestehen und uns ein angenehmes Altwerden ermöglichen!"

Ella wischt ihr Gesicht mit ihrem verknüllten Taschentuch ab und sagt leise:

„Das klingt aber nach einem Kalkül".

Doch jetzt lächelt sie das erste Mal seit zwei Stunden.

Ich freue mich darüber und erwidere ihr Lächeln.

„Nein, das bedeutet nur, unsere Zukunft liegt in unseren eigenen Händen. Wir wissen nicht, wie lange wir leben und wie lange wir noch fit bleiben, aber ich bin für jeden Tag dankbar. Und ich möchte gleich mit den Bonuspunkten anfangen. Ich werde mich ganz bewusst bemühen, meinen Enkelkindern und auch allen anderen Kindern und Jugendlichen mit Toleranz und Verständnis für ihr Verhalten zu begegnen. Ich werde ihnen zeigen, dass ich nicht alles so verbissen sehe und auch meine Schwächen habe."

Zuhause suche ich mir ein sauberes Heft und trage mein verständnisvolles Schmunzeln im Bus von vorhin ein.

Mein erster Bonuspunkt.

WIE MAN SICH BETTET, SO RUHT MAN

Vor etwa zwanzig Jahren begleitete ich meine Bekannte Lilo auf eine Senioren-Kaffeefahrt an die Nordsee. Dass es eine Verkaufstour sein sollte, wusste ich nicht. Ich war noch relativ frisch in Deutschland. Lilo hatte schon Erfahrung mit solchen Fahrten gemacht und wusste nicht, dass ich in so einer Unternehmung vor allem eine verlockende Möglichkeit sah, am Nordseestrand spazieren zu gehen und frische Krabbenbrötchen zu genießen. Die mehrstündige Anreise war trotz Singen und Klönen anstrengend. Auch Pinnchen mit Eierlikör, die regelmäßig durch den Bus gereicht wurden, konnten unseren steifen Rücken nicht besänftigen.

Kaum ausgestiegen, lotste mich meine Bekannte zu einem Stand, der mit leckeren Düften nach Fisch und Rauch lockt. Doch die Menschenschlange davor war so lang, dass ich befürchtete, es würde Stunden dauern, bis wir die ersehnten Krabbenbrötchen in der Hand halten.

„Wo kommen denn bloß die vielen Menschen her?" fragte ich Lilo.

„Na, die sind doch auch zu unserer Veranstaltung gekommen."

Jeweils bis zu 50 Senioren aus etwa zehn Bussen stürzten sich auf zwei Fischstände. Wir hatten gerade zwei langersehnte Krabbenbrötchen mit welkem Grünzeug ergattert, als wir schon wieder in den Bus einsteigen mussten. Und ich wollte doch sooo gerne am Strand spazieren gehen!

"Keine Zeit, wir sind schon zu spät!" rief unser Reisebegleiter. „Wir werden erwartet!"

„Wo werden wir erwartet?", nervte ich Lilo erneut mit einer

Frage.

„Zum Kaffeetrinken," antwortete sie kurz angebunden.

In einer halben Stunde erreichten wir einen Bauernhof mit großem Speisesaal. Lilo hatte sehr schnell ganz vorne einen Tisch ergattert und bestellte bereits ein großes Stück Sahnetorte. Die erste Tasse Kaffee schmeckt lecker, denn nach dem salzigen Krabbenbrötchen gab es viel Durst zu löschen! Auch der Apfelstrudel schmeckte köstlich.

„Selbst gebacken", betonte die Bedienung.

Als ich meine zweite Tasse zum Mund führte, wurde es etwas lauter im Saal. Ich drehte mich um und sah drei gut angezogene Männer, die etwas auf eine improvisierte Bühne schoben. Und dann erschallte eine laute Stimme aus einem Mikrofon:

"Ruhe bitte, meine Herrschaften!"

Ein Mann, Mitte dreißig in einem Designeranzug mit schmaler passender Krawatte, rang um Aufmerksamkeit bei den kauenden, schmatzenden und schwatzenden Senioren. Es dauerte lange, bis endlich Ruhe einkehrte. Der Mann baute sich theatralisch auf der Bühne auf und rief laut:

"Wer kann mir sagen, was zu einem guten Bett gehört?"

„Ein Partner!", verkündete meine Begleiterin Lilo wie aus der Pistole geschossen.

Für einen Moment herrschte Stille, dann ertönte schallendes Gelächter. Selbst der schnieke Veranstalter bog sich vor Lachen. Nur Lilo trank ihren Kaffee in aller Ruhe weiter.

Als das Lachen versiegt war und der Veranstalter endlich wieder zu Wort kam, sahen wir, was da auf der Bühne aufgebaut war. Vier verschiedene Matratzen lagen oder standen dort. Und richtig, die Veranstalter machten ordentlich Kasse mit ihrem nicht gerade billigen Angebot, das sie vielen der Mitgereisten wortgewandt andrehten!

Da dämmerte es mir endlich, was es mit solchen Kaffeefahrten auf sich hat: Verkaufen, verkaufen, verkaufen! Aber bei mir hatten die Verkaufsprofis ohnedies keine Chance. Ich schlafe auf meiner Matratze wie ein Murmeltier und brauche kein „supergünstiges Wohlfühl-Verwöhn-Unterbett" mit 50 % Rabatt zum Sonderpreis".

Aber das mit dem Murmeltier änderte sich mit den Jahren. Das Thema Nachtlager und Matratze wurde mir präsenter, als mir lieb war. Vor allem im Urlaub, den ich mit meinem Mann gerne im Süden verbrachte. In Italien, Frankreich, Spanien – eben da, wo ich als Krebs Meer, Sand und Sonne finde. Leider entspricht die Schlafkultur der Südländer nicht meinen Vorstellungen. „Französische Betten" mit 1,40 m schmalen Matratzen und einem Fetzen Stoff als Zudecke unterscheiden sich wesentlich von unseren Betten. Gut für Verliebte, doch zum Ausschlafen wenig geeignet. Fast jedes Mal standen wir nach einer schlaflosen Nacht an der Rezeption und verlangten nach besseren Matratzen. Klappte fast immer, aber meinen Mann nervte es mit der Zeit.

Er hätte ohnedies lieber Wanderurlaub in Österreich gemacht, statt sich in Italien oder Frankreich den Rücken zu verbiegen. Mir zuliebe fuhr er manchmal zwei Mal im Jahr mit mir in den Süden. Denn ich liebe das Meer, ich liebe den Strand.

Auf einer Heimreise vor einigen Jahren wollte er mit der Schimpferei auf den Urlaub südlich der Alpen gar nicht mehr aufhören. Wie üblich hatten wir erst gegen Mittag aus dem Hotel ausgecheckt und schafften nur die Hälfte unseres Heimweges. Ich schaute immer besorgter auf die Uhr und mahnte meinen Mann, nach Übernachtungsmöglichkeiten Ausschau zu halten.

„Ja, ja", sagte er jedes Mal und fuhr weiter.

Plötzlich biegt er in eine Straße, die zu einer alten Poststation führt. Ich lese im letzten Moment das Schild „Alte Post", schon gibt er richtig Gas.

„2149 Meter hoch?", frage ich.

Er überhört meine Frage. Es macht ihm auf dieser in Serpentinen verlaufenden Straße offensichtlich richtig Spaß, seinem BMW alles abzuverlangen. Schwindelerregende Höhen, herrliche Gebirgskulissen, unberührte Naturlandschaft, das alles ist seine Welt.

Ich drückte mich fest in meinen Sitz, kralle mich krampfhaft an dem Halter fest und bin bereit zu beten, obwohl ich nicht gläubig bin. Am liebsten würde ich die Augen schließen, doch das macht es noch schlimmer. Mir wird übel. An manchen Stellen fehlen Befestigungs-Streifen und oft auch Leitplanken.

Oben angekommen, weigere ich mich auszusteigen und frage, wann wir wieder runterfahren, Richtung Heimat.

Mein Mann steigt aus und atmet tief durch. Ich kann förmlich sehen, wie ihm die Flügel wachsen. Er läuft herum und erkundet jede Ecke dieses gottverlassenen Ortes. Dabei ist hier außer einer alten Gaststätte, ein paar Hütten und einem Turm nichts zu sehen. Nach einer Bedenkzeit steige ich doch aus. Ein Hühnchen kommt angelaufen und begrüßt mich, indem es versucht, an meinen rot lackierten Zehennägeln in meinen offenen Schuhen zu picken. Ich scheuche es schroff weg. Mir ist nicht nach Spielchen. Das Einzige, was mich in dem Moment interessiert, ist die Frage, wann wir von hier wegkommen.

Es ist sehr kalt in dieser Höhe! Jetzt merkte ich, dass im Schatten des Turmes noch Schnee liegt.

Na großartig! Und das Ende August. Ich sehe vor mir ein Schild, das mich daran erinnert, dass wir uns 2149 Meter hoch befinden. Schnell ziehe ich mir die Strickjacke an und gehe meinen Mann suchen. Bestens gelaunt unterhält er sich mit dem Wirt. Sehe ich da einen Zimmerschlüssel in seiner Hand?

„Wir übernachten hier", verkündet er mir ruhig.

Was? Hier? In einem Ort, wo im August Schnee liegt? Am liebsten würde ich losschreien, dass ich hier nicht übernachten möchte.

Doch draußen ist die Dämmerung schon weit fortgeschritten. Sobald die Sonne sich hinter den Bergen versteckt, ist es sofort dunkel.

Und im Finstern möchte ich diese halsbrecherische Straße nicht erleben. Den Tränen nah trippele ich meinem Mann hinterher.

Das Treppenhaus ist spärlich beleuchtet und eng. Das Zimmer ebenfalls. Ich knipse den Lichtschalter an und setze mich aufs Bett. Die Matratze sinkt fast bis zum Boden durch. Ich verspüre so was wie Schadenfreude. *Haha, mal sehen, wie du diese Nacht überlebst. Du möchtest doch unbedingt hier in diesem urigen Hotel übernachten! Und morgen bist du gehandicapt.*

Doch ich kenne meinen Mann offenbar noch immer nicht gut genug. Er schaut sich im Raum um, öffnet den Kleiderschrank und inspiziert die Schranktür. Hat er Angst um seine Sachen? Ob sich ein Dieb in diese Gegend verirren würde?

Mit einem Ruck hängt er die Tür aus und bittet mich um Unterstützung. Ich sollte ihm helfen, die Matratze hochzuheben. Er schiebt die Tür darunter. Danach setzt er sich aufs Bett und prüft sein Werk.

Er ist sehr zufrieden mit seiner Idee. Die zweite Schranktür landet unter meiner Matratze. Erstaunlicherweise steht er morgens ohne Rückenschmerzen und gut ausgeschlafen auf, ganz im Gegenteil zu mir. Ich hatte auf der künstlich gehärteten Matratze kaum ein Auge zugetan und warte sehnlichst auf den Moment, in dem wir endlich die Serpentinen hinter uns gelassen haben.

Schließlich fahren wir los, und ich kralle mich wieder an den Haltegriff. Doch zu meinem Erstaunen ist die Straße gar nicht kurvenreich. Sie verläuft fast geradeaus, aber deutlich bergab.

Es ist ein anderer Weg! In weniger als einer halben Stunde sind wir unten im Tal und gleich auf der Autobahn. Mein Mann hat mich ausgetrickst, er wollte einfach in diesem romantischen Ort übernachten und sich an dieser kurvenreichen Strecke austoben! Die Schranktüren hat er übrigens dort gelassen, wo er sie am Abend deponierte, unter der Matratze.

Im Nachhinein erinnere ich mich an die Rückfahrt kaum. Nur daran, dass mir der übernachtungsgeschädigte Rücken die ganze Fahrt über Schmerzen bereitete, während mein Mann vom „Kufstein Lied" bis zum „Im Frühtau zu Berge" ein Wanderlied nach dem anderen anstimmte.

Und daran, dass ich seine fragende Feststellung: „Romantisch, die „Alte Post" dort droben, meinst du nicht auch?", geflissentlich überhörte.

Ich gönne ihm gerne sein Vergnügen. Romantik ja, aber mit der Matratze sollte es eben auch stimmen.

AUF DEN SPUREN VON DON QUIJOTE

Man behauptet, Paris sei die schönste Stadt und der Eiffelturm das berühmteste Wahrzeichen der Welt. Wer kennt nicht die Geschichte des gutherzigen, aber hässlichen Glöckners von Notre-Dame und seiner Liebe zur wunderschönen Esmeralda? Oder wer kennt das Lied nicht: *So schön wie der Duft einer Rose, hab' ich sie in Erinnerung. Die Stadt aller Träume und Liebe...*

Es gab, glaube ich, niemanden in meiner alten Heimat, der nicht davon träumte, einmal im Leben Paris zu besichtigen, wie auch ich. Ich dachte, wenn ich einmal im Westen bin, wird mich meine erste Reise nach Paris führen. Nun bin ich seit 25 Jahren in Deutschland, war mehrmals in Italien, Spanien und Frankreich, aber noch nicht in Paris.

Auf einer unserer Reisen in den Süden fuhren wir durch Monaco Richtung Italien. Auf der einen Seite blickte man auf das Meer, auf der anderen auf die steil aufragenden Berge der Alpen. Das französische Städtchen Menton an der Cote d'Azur, ein Kurort mit Charme und Fleur, hatte es mir so angetan, dass ich dort unbedingt eine Rast einlegen wollte. Die lange Promenade mit vielen Bars, Restaurants und unzähligen Luxus-Boutiquen, alles wirkte sauber und aufgeräumt, was im Süden nicht immer der Fall ist.

Wir hatten kein festes Urlaubsziel gebucht und wollten da, wo es uns gefällt, ein paar Tage bleiben. Für mich war das Menton! Doch nachdem wir über eine Stunde vergeblich nach einem Parkplatz gesucht hatten, platzte meinem Mann der Kragen und er steuerte das Auto auf der Küstenstraße einfach weiter Richtung Italien. Die Fahrt durch die schönsten Orte der französischen und italienischen Riviera konnte mich nicht trösten.

„Wir bleiben aber irgendwo in der Nähe von Menton, oder?", redete ich meinem Mann zu.

Etwa 70 km weiter in dem italienischen, ebenso malerischen Städtchen Diana Marina fanden wir ein Apartment mit einem dazu gehörenden Parkplatz. Was für ein Glück!

Doch immer wieder träumte ich von Menton und seiner Strandpromenade, die mich so sehr an meine verlorene Heimat erinnerte. Ich kaufte einen Reiseführer der Stadt und las ihn durch. Was für eine großartige Stadt! Schade, dass es August war, im Februar wird in Menton ein Volksfest gefeiert. Dabei wird die Stadt mit über 100 Tonnen Zitrusfrüchten geschmückt. Zwei Wochen lang feiern die Franzosen und unzählige Gäste dieses Fest mit Tanzen, Umzug und Feuerwerk, wohl ähnlich dem Kölner Karneval, nur am Meer, und das seit 1933!

Eines Tages überredete ich meinen Mann noch einmal dort hinzufahren. Wir fanden einen Parkplatz am Stadtrand und gingen zu Fuß weiter. Besonders schön fand ich die Altstadt mit den Bars und Boutiquen. Ich konnte mich nicht satt sehen an Kirchen und Kathedralen, Bauernmärkten und einer unglaublichen Blumenvielfalt.

Im Garten Fontana Rosa sahen wir Büsten großer Schriftstellern aus vergangenen Zeiten: Dickens, Hugo, Dostojewski, Balzac, Zola, Puschkin und natürlich Cervantes. Der Weg führte uns durch einen Säulengang mit Bänken, die mit Keramikfliesen verziert sind und die Abenteuer von Don Quijote darstellen, einem stolzen Ritter, der gegen Windmühlen kämpfte.

In einer Bar bestellten wir Espresso. Vom Kellner wurde uns ein Erfrischungsgetränk empfohlen, mit Eiswürfeln und Zucker in einem Cocktail-Shaker so lange geschüttelt, bis es schaumig war. Dazu Kekse mit Pistazien. Danach gingen wir schoppen.

Ich konnte mich nicht entscheiden, welches Kleid ich mir kaufen soll und probierte ein Dutzend an. Im Laden war es schön kühl, draußen erschlug uns die Hitze.

Irgendwann hatte ich ein sehr dringendes Bedürfnis. An der Promenade fanden wir eine runde Kabine mit einem Schlitz für Münzen. Innen empfing mich Luxus pur mit vollautomatisiertem Dusch-WC, diversen Wasserstrahlmöglichkeiten und sogar mit einem Popo-Föhn. Und es wäre wirklich ein Erlebnis gewesen, wenn diese großartige, hochmoderne japanische Technologie auch auf Deutsch beschriftet gewesen wäre. Bei denen, die kein Französisch und Englisch lesen können, kann es passieren, dass die eine oder andere falsche Taste gedrückt wird. Und dann passieren solche blöden Sachen, wie sie mir an diesem Sommertag in Menton passiert sind.

Als ich Ausschau nach einer Klopapierrolle hielt und mich umdrehte, erwischte ich irgendeinen der Knöpfe. Zu meinem Entsetzen ging die Tür auf. Ich suchte verzweifelt nach anderen Knöpfen. Es waren drei. Ich konnte sogar die englische Bezeichnung entziffern:

Weißer Knopf – Wasserabgabe, blauer Knopf – Desinfektion, roter Knopf - Deo. Nur ein Knopf zum Schließen der Tür war definitiv nicht da!

Ich stand halb angezogen in der Kabine und war auf mein Frausein richtig sauer! Wie gut haben es doch die Männer, die auf Grund ihrer Anatomie diese Probleme nicht haben.

Mein Mann stand draußen vor der Tür, als diese sich automatisch öffnete. Erst war er sprachlos, dann fand er es lustig. Ich nicht. Die Peinlichkeit meiner Situation begriff er wohl nicht.

Dutzende Touristen gingen an uns vorbei, keiner nahm Notiz von mir. Außer meinem Mann habe ich, halb angezogen, keinen belustigt.

Mir war es trotzdem furchtbar peinlich, und ich wollte so schnell wie möglich von dort weg. Ob ich die Einzige war, die in solch eine Situation geraten ist, werde ich wohl nicht erfahren.

Trotz oder wegen dieses Missgeschicks bleibt Menton für immer in unserer Erinnerung als einzigartiges Juwel der Cote d`Azur.

EIN HERZ ZUHAUSE

Mein Weg zum Restaurant führt durch eine weit offenstehende Terrassentür über einen schon gut besuchten Platz. Das gleißende Licht der Morgensonne blendet mich, und ich bleibe einen Moment stehen. Ungetrübter blauer Himmel, Berge hinter der Bucht mit ihren schneebedeckten Gipfeln, dazu rauscht das Meer, unterbrochen durch das Klatschen der Wellen gegen die Steilküste. Auf der Terrasse plätschert monoton ein Wasserstrahl aus einem Brunnen. Auf dem Rand sitzen Tauben, auf dem Boden spazieren Spatzen, suchen nach Brotkrümeln, als gehörten sie zum Reinigungspersonal. Eine Mischung aus Zitrusduft, Salz und Fisch liegt in der Luft.

Welch ein Paradies!

Ich möchte mich gerade vor der Hitze in das kühle Restaurant retten, als hinter mir ein fröhliches: „Buon Giorno, ma belle!" erschallt.

Ich drehe mich um. Ein italienischer Tourist, den wir gestern nach dem Abendessen kennengelernt hatten, kommt auf mich zu. Ich unterdrücke meinen Lachanfall, so lustig sieht er aus.

Er ist 94, hat zwei Zahnstummel im Mund, ein altes, verschrumpeltes Gesicht, aber immer noch die Liebenswürdigkeit eines Kavaliers. Er versucht sogar einen Handkuss. Sein kariertes Hemd steckt nur seitlich in seinen Bermudashorts. Die Socken mit einem Belüftungsloch an der großen Zehe sind viel zu eng für seine angeschwollenen Beine. Er trägt eine Kapitänsmütze, verziert mit einem Anker und einer Kordel und begrüßt die Gäste mit einem Handschlag an seine Schläfe.

Obwohl er nur ein paar Wörter Deutsch kann, möchte er gerne mit mir plaudern. Seine Arme und Hände begleiten jedes seiner Worte. Als wolle er etwas erhaschen, greifen seine Hände mal in die Höhe, mal wieder an die Brust.

Ich kenne die Italiener schon gut genug, um in „Ma Bella!" ein Kompliment an mich zu erkennen. Italienischen Männern kommt das Wort „Bella" (Schöne) für weibliche Wesen locker über die Zunge. Trotzdem fühle ich mich geehrt.

„Mille Grazie", sage ich und verspreche ihm, mich nach dem Frühstück zu ihm zu setzen. Sein Frühstück hat er schon um sieben Uhr eingenommen, einen Milchkaffee und ein paar Kekse. Er geht zu einer Bank, bestellt beim Kellner einen Cappuccino und schaut aufs Meer.

Als ich mich später zu ihm geselle, haften seine Augen immer noch am Horizont. Er ist so in sich gekehrt, dass ich ihn nicht zu stören wage. Irgendwann spricht er leise: „Da, wo auf dem Hügel die Burg zu sehen ist, dort ist meine Heimat Rijeka. Dort sind meine Eltern und ich geboren worden, dort bin ich zur Schule gegangen, habe mich verliebt und geheiratet."

Bei der heutigen guten Fernsicht bietet sich ein klarer Blick auf die Burg. Alles sieht so friedlich aus. Ein paar Möwen, die geschickt den Himmel durchkreuzen, schreien schrill. Er schweigt eine ganze Weile, ich auch. Jeder von uns hat seine ausgerissene Seite aus dem Leben. Bei mir ist es die Seite, auf der der Sand sich unter meinen Füssen heiß anfühlt, auf der mir die Platanen ihren Schatten an heißen Tagen spenden.

Er trinkt einen Schluck kalten Kaffee und spricht mit kehliger Stimme, den Blick in die Ferne gerichtet: „Ich weiß nicht, ob ich nächstes Jahr wiederkommen kann. Jedes Jahr nehme ich Abschied von diesem Ort, der mir lebenslang so viel bedeutet hat."

Von senem gequälten, seinem verlorenen Paradies, seinem

Sehnsuchtsland.

Ich schaue ihn verstohlen von der Seite an. Ob er jetzt das Schicksal verflucht, Mussolini oder Tito, die ihm seine geliebte Heimat weggenommen haben? Nachmittags bleibe ich im kühlen Zimmer und suche im Internet nach dem Begriff „kroatische Italiener". Seit 1919 gibt es diesen Begriff.

Damals gerieten Slowenen und Kroaten unter italienische Herrschaft. Damit begann die italienische Epoche in der Geschichte von Rijeka. Italienische Truppen besetzten die Stadt, Kroaten und andere Nicht-Italiener wurden assimiliert oder vertrieben, die kroatische Sprache verboten. Bis zu einer Million Menschen fielen der brutalen Diktatur Mussolinis zum Opfer. Ich lese in verschiedenen Foren über die spätere Vertreibung der Italiener aus Kroatien und stoße auf unmenschliche Tragödien, die bis heute nicht ganz aufgeklärt worden sind.

Trotz der Tatsache, dass Italien vom Juni 1940 bis zum September 1943 als enger Verbündeter Deutschlands an Hitlers Seite kämpfte, sehen sich heute noch viele Italiener als Opfer jener schrecklichen Verbrechen und geben der deutschen Wehrmacht und der SS die Schuld an all dem Leid.

Ich möchte meinen Kavalier damit nicht konfrontieren. Auch dann nicht, als er später von seiner Zeit bei der Wehrmacht erzählt. Bis kurz vor Stalingrad sei er gekommen. Aber als er schwer verwundet wurde, brachte man ihn nach Deutschland. In einem Hamburger Hospital wurde er gesund gepflegt. Das war 1943.

Dass zur gleichen Zeit seine Frau und seine kleine Tochter in Rijeka ermordet worden sind, wusste Alessandro damals nicht. Erst später erfuhr er vom Zusammenbruch des faschistischen Regimes in Italien im Juli 1943 und was damals passierte. Viele

Jugoslawen unterschieden aufgrund des erlittenen Unrechts nicht zwischen friedlichen Italienern und Faschisten. Nur wenige Wochen später setzte eine erste Abrechnungswelle ein, in der sich Titos Partisanen unter der Führung ihres Helden in Istrien und Dalmatien grausam an Hunderten Italienern rächten.

Seit Kriegsende lebt Alessandro in Rom. Der Verlust seiner Familie und seiner Heimat schmerzen ihn wie ein amputiertes Bein. Als er von Titos Tod 1980 erfuhr, war sein erster Gedanke, endlich seine Heimat zu besuchen. Er suchte nach Landsleuten, mit denen er diese Reise antreten konnte. Seither sind es immer noch ein Dutzend Männer und Frauen, die jedes Jahr trotz der beschwerlichen Busreise von Rom nach Kroatien herkommen. Jedes Jahr wie ein letztes Mal.

ZWEITER FRÜHLING

Liebe Leser, sie können sich noch an meine Freundin Ella erinnern, die Probleme mit ihrer pubertierenden Enkelin hatte? Die Enkelin ist inzwischen 15, zickig wie zuvor.

Als mich Ella anruft, denke ich, sie hat wieder Probleme mit Jackie. Sie klingt so aufgeregt, dass ich vermute, sie braucht mich zum Reden. Bewaffnet mit zwei Päckchen Taschentücher machte ich mich auf den Weg.

Ich sehe sie schon von weitem und beim Näherkommen stelle ich eine leichte Bräune fest.

„Warst du im Urlaub?" frage ich.

„Ich war in Norddeich bei Tante Elli", dabei verzieht sie ihr Gesicht.

Tante Elli, die jüngere Schwester ihrer Mutter, ist die einzige Verwandte, die Ella noch hat. Ihre Ehe ist kinderlos geblieben, und nach dem Tod ihres Mannes lebt Tante Elli in ihrem großen Haus an der Nordsee ganz allein. Ella kümmert sich um ihre Tante so gut sie kann, besucht sie zwei, drei Mal im Jahr.

Einmal war ich mit ihr im Sommer dort und war von der Lage und dem Haus selbst sehr begeistert. Es liegt nur fünf Minuten vom Strand entfernt, mit einem großen Garten, ein Paradies!

Tante Elli ist 78, würde aber jünger aussehen, wenn sie ihre Birkenstock-Sandalen gegen ein paar elegantere Schuhe austauschen würde, sich einen kurzen Haarschnitt gönnte und fröhlichere farbige Kleider tragen würde.

„Wie geht es deiner Tante?" frage ich vorsichtig. Hoffentlich ist ihrer Tante nichts passiert, mache ich mir Sorgen.

„Tante Elli geht es ausgezeichnet!", zischt Ella.

Ups ... Ich zupfe vorsichtshalber ein Taschentuch aus der Packung. Ella weint aber nicht, dafür ist sie viel zu wütend. Nur auf wen?

„Habe ich dir schon erzählt, dass sich Tante Elli einen Computer gekauft hat?" Daran kann ich mich gut erinnern. Die beiden wollten sich per Skype öfter unterhalten.

„Hast Du! Das war doch eine prima Idee!"

„Ja, natürlich! Das dachte ich mir auch. Aber Tante Elli hat sich mit dem Ding irgendwann bei einer Partnervermittlung angemeldet. Und dann lernte sie diesen Hermann kennen!"

„Was?", rutscht es mir heraus. Endlich hatte ich es begriffen. Tante Elli hat einen Partner!

„Das ist doch wunderbar!" jubele ich laut.

Ellas scharfer Blick lässt mich verstummen.

„Sie hat sich ihre Haare färben lassen!"

Ehrlich gesagt, ich verstehe Ellas Aufregung nicht.

„Du hast dir doch immer Sorgen um deine Tante gemacht, dass sie in ihrer Einsamkeit depressiv werden könne. Mit einem Partner ist doch alles viel schöner ..."

„Sie verplempern mein Erbe!" Ella ist so aufgeregt und laut, dass sich manche Besucher zu uns umdrehen.

Ich bin sprachlos. Was ist mit Ella los? Ich weiß, dass Tante Elli schon vor Jahren ein Testament gemacht hat und alles ihrer Nichte vermachen will. Außer dem Haus besitzt Tante Elli noch ein Aktien-Paket, das ihr verstorbener Mann erworben hat. Tante Elli hat keine Ahnung von Aktien und lässt es einfach weiterlaufen.

Ella wischt den verschütteten Kaffe mit einer Serviette auf und erzählt weiter.

„Tante Elli hat ihr Haus mit Hypotheken belastet und sich einen modernen Wohnwagen mit allem Pipapo gekauft. Sie geht nächstens mit ihrem Hermann auf Reisen."

Ich muss schlucken. Mir fällt ein Spruch dazu ein: „Reise VOR dem Sterben, sonst reisen deine Erben!" und unterdrücke mein Lächeln.

Ella zeigt mir ein Foto mit dem Wohnwagen und ihrer Tante. Kurzer flotter Haarschnitt, kurze Hosen und bunte Bluse. Ist das tatsächlich Tante Elli?

Ein großer, schlanker grauhaariger Mann legt eine Hand auf Tante Ellis Schulter und drückt sie an sich. Das ist sicher Hermann.

„Mein Gott, Ella! Deine Tante sieht so glücklich aus, so jung und fit! Du solltest dich über ihr Glück freuen!"

Ella schaut mich verständnislos an: "Ist das dein Ernst? Tante Elli ist doch 78! Ist doch voll peinlich, sich in dem Alter einen Liebhaber zuzulegen. Was sollen die Leute sagen?"

„Welche Leute?" frage ich.

„Na ja, die Nachbarn, meine Tochter und meine Enkelin."

So kannte ich meine Freundin nicht. Erst jetzt fällt mir ein, Ella war lange nicht beim Frisör. Ihr Haareinsatz ist grau. Auch ihr Kleid ist von grauen Tönen. Ein Blick unter den Tisch und Ella wird rot. Tante Ellis Birkenstock Sandalen!

„Tante Elli hat sie ausrangiert, ist doch schade, sie weg zu schmeißen."

Meine Freundin mutiert zum grauen Mäuschen. Ich möchte sie nicht beleidigen. Vielleicht ist es auch meine Schuld, dass sie sich so verändert hat. Ich hatte oft keine Zeit für sie und ihre Probleme. Erst ihre pubertierende Enkelin, jetzt ihre Tante!

Zuhause suche ich die Adresse einer Kosmetikerin und vereinbare einen Termin für Ella.

„Was soll gemacht werden?" fragt die Kosmetikerin.

„Aus einem grauen Mäuschen eine attraktive Dame zaubern," antworte ich.

- - -

„Zunächst gehen wir zusammen shoppen, du brauchst ein bisschen Farbe in deiner Garderobe", sage ich Ella am Telefon. „Wann hast du Zeit?"

Auf dem Weg in die Stadt werfen wir die Birkenstock-Sandalen in einen Altkleider-Container.

Gestern hat sich Ella bei mir für den Kosmetik-Gutschein bedankt. Dann kicherte sie ein bisschen und vertraut mir an, dass sie sich bei einer Partnervermitlung angemeldet hat.

SCHMETTERLINGSWIESE

Dass unser aller Leben eines Tages mit dem Tod endet, ist eine unbestrittene Tatsache. Wir haben unsere Aufgaben auf der Erde erfüllt, die meisten haben für Nachkommen oder andere bleibende Erinnerungen gesorgt. Alt und gebrechlich wird es Zeit zum Sterben. Klingt traurig, aber stellen wir uns doch mal vor, wir wären unsterblich! Für unsere Endlichkeit hat die Natur gute Gründe.

Und doch ist es ein Tabuthema unserer Gesellschaft. Ist es die Angst vorm Sterben? Warum verdrängen wir Gespräche oder sogar Gedanken vom eigenen Tod?

In meiner Familie ist das Sterben schon lange kein Tabuthema mehr. Wir sprechen offen darüber und informieren uns über unseren Abgang. Wie und wo möchten wir beerdigt werden? Antworten erhielten wir bei einem „Tag der offenen Tür" eines Bestattungsinstitutes ganz in der Nähe.

Eine neue Art der Bestattung, auf einer Wildwiese, im Rosengarten oder auf der sogenannten Schmetterlingswiese, weckt unser Interesse.

Auf dieser Wiese werden Blumen und Wildkräuter gesät. Die Idee mit der Schmetterlingswiese stammt von Aktivisten, die sich ehrenamtlich für den Schutz der Natur engagieren. Sie beobachten, wie es in Deutschland dramatisch weniger Wildpflanzen, Insekten und Vögel gibt.

Der Gedanke, meine Asche irgendwann auf so einer Wiese bestatten zu lassen, gefällt mir. Also möchte ich so eine blühende Blumenwiese noch zu Lebzeiten besichtigen.

Es gibt geführte Rundgänge, doch bei der Suche nach innerem Frieden möchte ich lieber allein sein.

Es ist Spätnachmittag, als ich dort ankomme. Im schon tief stehenden Sonnenlicht leuchten zahlreiche Stauden in strahlendem Gelb, knalligen Orangetönen und tiefem Rot. Zwischen all dieser Farbenpracht erkenne ich die braunroten Blüten der Fetten Henne, blassrosa Herbstzeitlose und meine allerliebsten blauen Kornblumen.

Es dauert nicht lange, als ein kleiner Schmetterling von ungewöhnlich schöner Farbenvielfalt direkt vor mir fliegt, dann noch einer, und andere gesellen sich dazu. Bald kreist eine ganze Wolke aus Schmetterlingen um mich herum, links, rechts, hinter mir. Hunderte fabelhaft schöne flatternde Schmetterlinge bilden eine bunte Wolke. Jeder gestaltet seinen eigenen Tanz, und doch fliegen sie in einem endlosen Schwarm.

Ich kann mich nicht satt sehen an diesem fantastischen Schauspiel. Dann erfasst mich das Bedauern, dass diese zauberhaft schöne Wolke bald erlischt. Schmetterlinge haben eine relativ geringe Lebensdauer. Manche Arten leben nur wenige Tage. Nur der Zitronenfalter kann bis zu elf Monate alt werden und sogar bei minus 20 Grad überleben.

Ich schaue mich um und entdecke eine Bank, die zum Verweilen einlädt. Ich bewundere die Zähigkeit und Ausdauer der Blumen, die noch ein letztes Mal kräftig ihre Farben leuchten lassen und ihre süßen Düfte verströmen. Der Wind treibt rote Ahorn-, gelbe Birken- und orange Espenblätter in die Luft, um sie irgendwo im gelbgrünen Gras fallen zu lassen. Zusammen bilden sie einen weichen bunten Teppich.

Ich schließe die Augen. Der Herbst war Mamas Lieblingsjahreszeit. Sie hatte immer eine Kastanie in ihrer Manteltasche, um sich vor Rheuma und Gicht zu schützen. Sie glaubte auch, dass ein vierblättriges Kleeblatt Glück bringt. Glauben versetzt bekanntlich Berge.

Es wird kalt. Ich habe nicht bemerkt, wie die Sonne hinter den Wolken verschwand. Bald kommt der Winter mit seinen kurzen Tagen. Dann muss ich mich immer wieder motivieren, bei der Kälte etwas zu unternehmen, bis die erste Weihnachtsdekoration neue Emotionen weckt, muss einen Adventskalender basteln, Kekse backen oder über den Weihnachtsmarkt schlendern.

Ich suche im Gras eine Kastanie und stecke sie in meine Tasche. Sie hat die Wärme der Sonne aufgesaugt und fühlt sich warm an. Auch in meinem Herzen wird es warm. Ich bin zuversichtlich, im Frühling kommen die Schmetterlinge wieder. Und wieder wird jemand hier auf dieser Bank sitzen und dieses fantastische Schauspiel beobachten.

Der Gedanke tröstet mich ein bisschen.

Der bunte Teppich führt mich geräuschlos zum Ausgang. Ich freue mich auf mein warmes Zuhause und eine Tasse heißen Tee. Mit etwas Melancholie verlasse ich den Friedhof, so wie ich es jedes Mal empfunden habe, als ich mich von meiner Mutter an ihren letzten Tagen vor ihrer Wohnungstür verabschiedete und nach Hause ging. Die Erinnerung an sie bereitet mir jedoch keinen tiefen Schmerz mehr. Dafür überwiegt die Freude, mit ihr einen langen schönen Lebensweg gemeinsam gegangen zu sein.

MEIN WEG ZUR KRIMI-AUTORIN

„Jedes Jahr erscheinen immer mehr Kriminalromane, zuletzt rund 4000", las ich vor Kurzem in einer Zeitung. So schwer scheint es also nicht zu sein. Doch ich war mir ganz sicher, ich kann keinen Krimi.

Als unsere Autorengruppe darüber nachdachte, das Angebot wahrzunehmen, einen Fortsetzungskrimi für die Zeitung zu schreiben, war ich sehr skeptisch. Ich mag Mord und Totschlag einfach nicht! Da hilft es nicht, auf die Muse zu warten. Es muss unterhaltend und fesselnd sein!

Glücklicherweise war es ein Gemeinschaftsprojekt von 12 Autoren, die dann auch das Thema und Tipps lieferten. Der Episodenkrimi „Tod im Teich" sollte zunächst im Ortsgespräch unserer regionalen Zeitung angekündigt und dann in jeweils zwei Folgen pro Woche erscheinen. Die Vorgaben dafür waren: Ein Krimi mit Regionalbezug sollte es sein, jede Folge von einem anderen Vereinsmitglied geschrieben, und ein Grenzwert von 4000 Zeichen musste eingehalten werden. Kein gerade leichtes Unterfangen für die Autoren-Gruppe, aber ein reizvolles.

Zu der Zeit waren in der Stadt gerade Vorbereitungen zum jährlichen Wippen der Bürgerschützen im Gang.

„Das ist es!" Wir waren uns einig. „Einer überlebt das Wippen nicht! Ein hinter der Maske des ehrenwerten Bürgers verborgener mieser Macho, Richter am Amtsgericht, der seine Position ausnutzt und sich auch sonst einige Feinde gemacht hat!"

In „Tod im Teich" erzähle ich aus Sicht einer Kellnerin, die in ihrem Beruf mit sexuell aufgeladenen Sprüchen und unerwünschten Berührungen von Gästen rechnen muss. Muss der

Gast immer König sein?

Während mein Beitrag zu „Tod im Teich" eine Fiktion ist, erzähle ich in „Me Too" von einem Kriminalfall, der sich tatsächlich ereignet hat.

TOD IM TEICH

Eigentlich hätte ich heute frei. Aber ich habe meine Schicht im Lokal am Großen Teich extra mit meiner Kollegin getauscht, denn ich fiebere schon eine Weile diesem Tag entgegen. Die Terrasse vor unserem Lokal ist überfüllt. Ich versuche, die Bestellungen schnellstmöglich abzuarbeiten, doch eine Gruppe ausgelassener, lauter und schon angetrunkener Holländer bremst meine Bemühungen. Aus den Augenwinkeln sehe ich andere Gäste ungeduldig gestikulieren. Sie warten schon eine ganze Weile. Einige Besucher würden am liebsten gehen, ohne bedient zu werden, aber heute gedulden sie sich. Schließlich möchten sie das Spektakel am "Großen Teich" von unserem Restaurant aus beobachten. Als ich es doch schaffe, mich zu den anderen Tischen vorzuarbeiten, versuche ich, die Gemüter zu beschwichtigen.

Kinder toben unbeaufsichtigt in den Gängen herum. Dadurch wäre mir fast ein Malheur passiert – das Schlimmste, was einer Kellnerin passieren kann. Als ich endlich mit vollem Tablett Gäste bedienen will, prallt so ein Schlingel gegen mich. Beinahe hätte ich einen Gast mit Kaffe gebadet. Die Eltern tun so, als würden sie es nicht sehen.

Anscheinend schmeckt den Niederländern bei der Hitze unser Bier besonders gut, so schnell, wie sie trinken. Sie rufen mich dauernd zu sich an den Tisch, auch um mich nach Details zu dem Wippenfest zu befragen.

„Weißt du, wer heute gewippt wird?" Das verrate ich selbstverständlich nicht und lenke unbedacht das Gespräch auf Fußball. Obwohl, da sollte ich Rücksicht auf ihre Gefühle nehmen. Welche fußballbegeisterte Nation redet schon gern über verpasste Chancen. Glücklicherweise ruft eine blonde, auffällig geschminkte Frau: „Aber im Frauenfußball sind wir Europameister!"

Ich lächele ihr zu, aber meine Gedanken sind schon bei einem der Malefikanten, der bald gewippt werden soll. Welch eine Freude, ihn im Entendreck liegen zu sehen. Diesen arroganten Schnösel, den Herrn Amtsrichter.

Kurz nachdem ich hier im Lokal als Kellnerin angefangen hatte, ereilte mich die „Ehre", ihn, seine Durchlaucht, den scharfen Richter von Soest und seine Gäste bedienen zu dürfen. Als ich ihm gegenüber einem Getränk hinstellte, dachte ich, ihm fallen die Augen aus dem Kopf, so gierig provokant glotzte er in mein Dekolleté.

„Diese Berge sind heute meine schönsten Aussichten", lachte er widerlich laut über seinen "großartigen" Witz. Seine Frau verzog das Gesicht. Ihr waren seine Witze peinlich, das merkte ich.

Später, als ich ihn in Richtung Toilette hinausgehen sah, drehte ich ihm absichtlich meinen Rücken zu, um sein Grinsen nicht sehen zu müssen. Das empfand er wohl als Aufforderung. In diesem Moment packte er mich am Hintern. Ich erschrak. Das hatte sich noch keiner bei mir erlaubt. Sollte sich die kleine Kellnerin geehrt fühlen, von einem so mächtigen Mann angefasst zu werden?

Spontan erinnere ich mich an meine Kollegin, die mit so einem arroganten Schnösel kurzen Prozess gemacht hatte. Sie zog ihren engen langen Rock hoch, als wolle sie ihm noch mehr von ihrer schönen Figur zeigen. Den begierigen Blick des Betrachters beendete sie mit einem gezielten Tritt gegen sein Kinn. Wie ein nasser Sack fiel er zu Boden. Abgesehen davon, dass ich kein Karate kann und keine Kündigung riskieren mochte, fehlte mir dazu der Mut.

Als über den Lautsprecher der Name des dritten Malefikanten aufgerufen wird, dränge ich durch die Menschenmenge nach vorne. Die beiden anderen stehen schon nass auf der DLRG-Plattform nahe der Auftauchstelle.

Das Urteil für den scharfen Richter wird verlesen. Meine Erlebnisse mit ihm waren dem Aufgezählten gegenüber eher harmlos.

Trotzdem drücke ich meine Fäuste an die vor Aufregung glühenden Wangen und halte den Atem an. Er scheinbar auch.

Alle warten vergeblich auf sein Auftauchen, schlammig und ohne Heiligenschein. Ein Raunen geht über den Teich.

Plötzlich spüre ich Blicke. Eine attraktive Frau mit großer Sonnenbrille, Minirock und hochhackigen Schuhen fragt mich mit einem osteuropäischen Akzent: „Sie mögen ihn auch nicht, das Miststück?"

Sie steckt sich eine Zigarette zwischen die rotviolett geschminkten Lippen.

"Wissen sie, was bei uns mit solchen Kerlen gemacht wird?" Sie zieht eine Pistole aus ihrer mächtigen Umhängetasche, zielt in Richtung Treppe, und als ich schon schreien will, zündet sie sich damit ihre Zigarette an.

ME TOO

Sie zitterte. Es war kalt im Zimmer. Sie könnte aufstehen, das Fenster schließen oder eine Decke über sich ziehen. Sie hatte keine Kraft, oder Lust. Ihr geschundener Körper fühlte sich fremd an. Wenn sie könnte, hätte sie ihn abgestoßen, so wie sich Schlangen häuten.

Das Zittern nahm zu. Sie griff hinter sich und zog die dünne Decke, die zerknüllt hinter ihr lag, über ihre Oberschenkel. Es bereitete ihr Schmerzen.

Vorsichtig legte sie eine Hand auf den Bauch. Ihre Hand fühlte etwas Feuchtes, Schmieriges, Klebriges. Blut? Schweiß und Säfte eines anderen Menschen, vermischt mit ihren. Dieser Mann hat das Zimmer vor zwei Stunden verlassen. Oder waren es zwei Tage? Sein Gehen hat sie kaum registriert. Sie war wie betäubt. Was in den vergangenen Stunden mit ihrem Körper geschehen war, war ein Alptraum. Ohnmächtig ließ sie es geschehen. Brutales Beißen, harte Stöße, Schmatzen, Stöhnen.

Wie lange es dauerte, wusste sie nicht. Sie wollte es nicht wissen. Nicht jetzt. Später. Ich bin es nicht, diese Kreatur, die hier so ausgeliefert liegt, so beschmutzt und hilflos.

Vor ihrem Medizinstudium hatte die Abiturientin ein paar Tage im Süden ausspannen wollen. Ihre Eltern, die so stolz auf die Tochter waren, hatten ihr eine Woche am Meer geschenkt.

Wann war das? Gestern? Vorgestern?

Das kann doch alles gar nicht sein! Wo ist dieses Mädchen geblieben, das gerade noch die ganze Welt umarmen wollte?

Nun liegt hier ihr besudelter, geschundener Körper. Sie möchte laut schreien vor Schmerz, Wut und Scham. Und sie schreit. Sie drückte die Decke an ihre Lippen, um den Schrei zu dämpfen.

Die Decke verströmt immer noch seinen Geruch. Ekel überkommt sie, sie würgt und unterdrückt den Brechreiz. Dieser Geruch hat plötzlich ein Gesicht, das sich tief bei ihr eingeprägt hat. Eigentlich sogar zwei Gesichter: Das eine, das das Zimmer verlassen hat. Und das andere, das sie am Tag ihrer Ankunft abends getroffen hatte.

Sie hatte gerade ihre Koffer im Zimmer abgestellt und lief gleich zum Strand. Der wunderschöne Sonnenuntergang am Horizont des Schwarzen Meeres erzeugte in ihr Glücksgefühle. Die hellsten Sterne waren auch schon zu erkennen. An der Promenade blieb sie stehen. Eine leichte Priese ließ ihre langen blonden Haare wehen und ihr Gesicht abkühlen. Und wieder durchströmte sie ein Glücksgefühl.

„Danke Ma, danke Pa, es ist fantastisch hier!", dachte sie voller Dankbarkeit. Sie lehnte sich an eine Steinmauer.

Die Möwen kreisten um einen Fischfetzen herum, stritten sich und kreischten laut. Zwei Kinder spielten im Sand, bauten eine Burg ganz nah am Wasser, so dass bei jeder starken Welle Wände und Kuppeln verschwanden. Mit scheinbar unermüdlicher Energie beschäftigten sie sich weiter, um nach zehn Minuten von vorne anzufangen.

Ihre Eltern saßen ein paar Meter entfernt auf einem großen Stein und amüsierten sich. Der Mann hatte seinen Arm um die Taille seiner Frau gelegt, drückte sie fest an sich und flüsterte ihr etwas ins Ohr. Sie lachte glücklich und schmiegte sich an ihn. Was für ein schönes Bild.

Sie zwang sich, umzudrehen, sie wollte nicht spannen.

Im gleichen Moment spürte sie sich beobachtet. Ein paar Meter von ihr entfernt stand eine Gruppe junger Männer. Sie diskutierten halblaut und lachten dabei. Nur einer stand unbeteiligt etwas abseits und schaute in ihre Richtung. Ihre Blicke trafen sich. Er lächelte sie an. Sie fühlte sich ertappt und errötete. Sie war noch unerfahren im Flirten.

Sie streifte ihre Sandalen ab und lief ins Wasser. Seinen Blick spürte sie im Nacken. Das Wasser war ungewöhnlich warm zu dieser späten Stunde. Sie lief und summte leise vor sich hin. Im Licht einer Laterne, nur ein paar Meter vor ihr, stand der junge Mann, der sie vorhin beobachtet hatte. Sie blieb stehen und versuchte im Halbdunkel seinen Blick und seinen Gesichtsausdruck zu erkennen.

„Haben Sie keine Angst?" Seine Stimme war so angenehm und weich, dass sie seine Frage seltsam fand. Schon immer waren menschliche Stimmen für sie ein wichtiger Faktor für Sympathie oder Antipathie gewesen. Die Stimme sollte zur Person passen.

„Es wird gleich dunkel."

„Angst? Wovor?"

„Vor Meeresmonstern, oder bösen Menschen."

Er klang so beruhigend. Sie hielt es für einen Scherz und lächelte jetzt schon ein bisschen mutiger.

Langsam gingen sie zur Promenade. Hier streifte sie die Sandkörner von ihren Füßen und zog ihre Sandalen wieder an. Er wartete und schwieg. Sie musterte ihn verstohlen. Sein weißer, knapp geschnittener Leinenanzug verriet seinen muskulösen, durchtrainierten Körper. Seine blauen Augen wirkten ungewöhnlich zum pechschwarzen Haar, doch bei den südländischen Menschen sind das Merkmale einer speziellen Rasse. Das hat sie mal gelesen.

Auch er musterte sie. An der Promenade verkaufte ein junges

Mädchen Rosen. Ihr Begleiter zog eine dunkelrote Rose aus dem Strauß heraus und reichte sie ihr. Sie war entzückt. Solche Aufmerksamkeiten war sie nicht gewöhnt. Seine Bewunderung verwirrte sie. Jemanden, der so elegant, so schön aussah, fand sie anziehend und begehrenswert. Zum ersten Mal war sie auf eine bisher nicht gekannte Weise erregt. Bis dahin hatte sie sich auf die Schule konzentriert, war schüchtern, trotz ihres hübschen Aussehens. Manche ihrer Freundinnen lachten über ihre Jungfräulichkeit. Das sei doch uncool, meinten sie, während sie von ihren Eroberungen berichteten. Einige aus Langeweile, andere verliebten sich richtig, mit Liebeskummer und Eifersucht. Das war alles nicht das, wovon sie träumte. Sie wollte in einem Gefühl von den Haarwurzeln bis in die Zehenspitzen hinschmelzen.

Es hatte ein paar Jungs aus ihrer Schule gegeben, die ihr Liebesbotschaften und Einladungen ins Kino oder Konzert zukommen ließen. Doch sie war nicht interessiert daran. Die Jungs wollten doch nur im Dunkeln an Busen und Oberschenkel herumfummeln.

Nein, das war ihr zu wenig. Der hier war ganz anders. Der weckte in ihr Gefühle wie in ihren Träumen.

Er brachte sie nach Hause, wünschte ihr eine gute Nacht und verschwand in der Dunkelheit. Das enttäuschte sie. Nicht mal „Auf Wiedersehen" hatte er gesagt. Wollte er sie nicht wiedersehen?

Doch gleichzeitig war sie auch erleichtert. Sie war innerlich so aufgewühlt, wie sie es noch nie bei einem Mann erlebt hatte.

Am nächsten Morgen ist sie früh auf. Es gibt so viel zu sehen. Ohne Frühstück läuft sie zum Strand. Er ist leer. Sie streift ihr Kleid ab und geht ins Wasser. Auch am frühen Morgen ist das

Wasser schon angenehm warm.

Baden macht hungrig. In welchem der vielen Restaurants oder kleinen Imbissstuben mit Tischen und Stühlen auf dem Bürgersteig soll sie frühstücken? Aus einem kleinen Lokal mit weit geöffneten Türen duftet es nach Kaffee, Kräutern und frischen Brötchen. Hier bestellt sie Milchkaffee und ein Mohnhörnchen.

Auf die Ansichtskarte, die sie gerade gekauft hat, schreibt sie: „Ich liebe Euch! Es ist wunderschön hier!"

„Darf ich?"

Die Frage erschreckt sie.

Ihr Begleiter von Gestern steht mit einer Tasse Espresso vor ihr.

„Ja, bitte!" Ihr Herz hüpft.

Frisch rasiert und nach einem teuren Parfum duftend, sieht er wie ein Playboy aus einem Modemagazin aus.

„Möchten Sie auch einen Espresso?"

Dieses sanfte Lächeln, es macht ihn so attraktiv.

„Darf ich Ihnen die Stadt zeigen?"

Sie ist so aufgewühlt, so verliebt, dass sie sofort zugestimmt.

Abends speisen sie in einem Fischrestaurant. Danach bringt er sie nach Hause. Erst vor ihrer Wohnungstür küsst er sie. Ihr wird schwindelig. Sie wird weich und willenlos in seinen Händen. Er schiebt sie sanft aber bestimmt ins Zimmer und schließt die Tür ab.

Er führt sie zum Bett. Sie entkommt ihm und lehnt sich an die Wand. Sofort ist er bei ihr. Seine Küsse werden immer heftiger. Sie tun ihr weh. Vergeblich versucht sie, sich zu befreien. Er hält sie noch fester.

„Lass mich los!" fleht sie.

Jetzt ist er auf einmal ganz böse.

„Stell dich nicht so an! Zieh dich aus! Und wehe, du sagst nur einen Ton, dann bist du tot."

Er zieht ein Messer aus der Tasche.

Sie steht erstarrt da, nicht mal in der Lage zu weinen. Ihre Zuneigung und Erregung ist purer Angst gewichen, richtige Angst. Vor dem Messer, aber auch vor dem, was er von ihr erwartet.

„Zieh dich aus!" wiederholt er. Und weil sie immer noch zögert, schlägt er ihr mit der Faust ins Gesicht.

Das Nasenbein knirscht und warmes Blut läuft ihr in den Mund und weiter den Hals hinunter. Stumm spürt sie ihre Schmerzen. Langsam zieht sie ihr Kleid aus, dann ihre Schuhe.

Was mit ihr dann geschieht, nimmt sie kaum noch wahr.

Irgendwann hat er genug. Er zieht sich an, schließt die Tür auf und geht.

Nach Hause?

Oder zum nächsten Opfer?

Noch ein anderes unschuldiges Mädchen mit Flirt und falschen Aufmerksamkeiten verführen, missbrauchen und dann seelisch und körperlich zerstört zurückzulassen? In welche Situation sie gelockt werden, begreifen sie leider viel zu spät.

Solche Männer treiben ihr Unwesen hinter Mauern, in Hotelzimmern, abgelegenen Ferienhäusern. Am Tag sind sie liebevolle Väter und Ehemänner.

Sie zittert immer noch. Auch die Schmerzen nehmen zu. Sie tastet vorsichtig über ihr Gesicht. Das ist geschwollen. Sie möchte weinen, doch sie hat keine Tränen mehr.

Was soll sie machen?

Zur Polizei gehen?

Ihre Geschichte aus diesem dunklen Raum nach außen tragen?

Alle Details erzählen? Monatelang bis zum Gericht warten?

Dann vor Dutzenden neugieriger Menschen auf peinliche Fragen antworten?

Und was würde er als Strafe bekommen? Vier, fünf Jahre Knast? Nach allem was er ihr angetan hat?

Nein, sie will es nicht.

Aber wie soll sie weiterleben?

So tun, als sei nichts gewesen?

Ihr Medizinstudium weiter fortsetzen?

Sich verlieben, heiraten?

Welch fürchterlicher Gedanke!

Doch der Überlebenswille siegt.

Fünf Jahre später...

Der Kommissar ist ziemlich genervt. Zwei seiner Kollegen haben sich krankgemeldet, und er muss sich allein um jeden Krempel kümmern, der in seinem Städtchen passiert.

Da sind angetrunkene Kurgäste, die eine Schlägerei angefangen haben. Dort wurden zwei kleine Taschendiebe gefasst.

Ach, wie nervt ihn das alles! Nie passiert etwas Außergewöhnliches in seinem Revier! Ein Mord, ein bewaffneter Überfall! Seit 30 Jahren ist er schon bei der Polizei. Vor 30 Jahren wollte er Verbrecher jagen, komplizierte Fälle lösen. Stattdessen jagt er kleine Ganoven.

Er steht auf, macht sich eine Tasse Tee. Kaffee wäre besser, aber sein Magen...

Er schaut aus dem Fenster. Es ist früher Morgen, die Sonne zeichnet sich rosa am Horizont ab. Frische Meeresluft strömt ins stickige Büro. Sie haben immer noch keine Klimaanlage im Hause.

Tagsüber sind die Fenster und Jalousien zugezogen, nur nachts wird gelüftet. Sonst ist es nicht auszuhalten.

Ihm fällt wieder der nächtliche merkwürdige Anruf ein.

Eine Frauenstimme, absichtlich verstellt und ganz leise, hatte auf einen Mann hingewiesen, der dringend einen Arzt brauche.

„Was für ein Mann? Was ist mit ihm? Wer sind sie?", hatte er nachgefragt

Doch er bekam keine Antwort. Die Frau wollte ihren Namen nicht nennen und sprach ziemlich wirres Zeug, glaubt der Kommissar sich zu erinnern.

Er hatte geflucht und aufgelegt. Die Anruferin ließ nicht locker, rief wieder an: "Schicken sie den Krankenwagen dorthin! In ein paar Stunden kann es zu spät sein!"

Sie nannte eine Adresse. Es war ein Ferienhaus am Rande der Stadt. Die Inhaber wohnen im Ausland und sind nur selten vor Ort. Der Kommissar kannte die Leute nicht einmal.

Nur widerwillig hatte er den Fall aufgenommen und pflichtgemäß weitergeleitet.

Und jetzt, um acht Uhr morgens liegt der Bericht auf seinem Arbeitstisch:

Am Tatort wurde ein Mann mittleren Alters gefunden, der unter starker Narkose steht. Die ärztliche Untersuchung ergab Folgendes: Die Hoden des Mannes wurden entfernt, sauber zugenäht und bandagiert. Nach allen Details zu urteilen, wurde die OP von einem Chirurgen durchgeführt. Der Operierte wurde ins Krankenhaus gebracht und steht unter Beobachtung.

DANKSAGUNG

Dieses Buch entstand mit der wertvollen Inspiration und Hilfe
meines Mannes, der Stunden mit Korrekturlesen verbrachte,
und meine Zeilen in einen gut lesbaren Zustand verwandelte.
Einen besonderen Dank richte ich auch an meine Freundinnen
und Freunde im Autoren- und Redaktions-Kreis, sowie den
Lesern und Leserinnen meines 1. Buches
„Bittere Bonbons"
die mich ermutigten, noch mehr so spannende und ergreifende
Geschichten aus meinem Leben zu schreiben.

Milla Dümichen

Von der gleichen Autorin ist 2017 im Karina-Verlag, Wien erschienen:

ISBN: 9783961119301